镜子，

尤佑 著

或时间之梦

天津出版传媒集团

百花文艺出版社

图书在版编目（ＣＩＰ）数据

镜子，或时间之梦 / 尤佑著 . -- 天津：百花文艺
出版社，2023.5
ISBN 978-7-5306-8538-9

Ⅰ . ①镜… Ⅱ . ①尤… Ⅲ . ①世界文学－文学评论－
文集 Ⅳ . ① I106-53

中国国家版本馆 CIP 数据核字 (2023) 第 094315 号

镜子，或时间之梦
JINGZI,HUO SHIJIAN ZHI MENG
尤　佑　著

出 版 人：薛印胜
责任编辑：赵　芳
装帧设计：鸿儒文轩·末末美书
出版发行：百花文艺出版社
地址：天津市和平区西康路 35 号　　邮编：300051
电话传真：+86-22-23332651（发行部）
　　　　　　+86-22-23332656（总编室）
　　　　　　+86-22-23332478（邮购部）
网址：http://www.baihuawenyi.com
印刷：三河市华东印刷有限公司
开本：880 毫米×1230 毫米　1/32
字数：182 千字
印张：8.5
版次：2023 年 5 月第 1 版
印次：2023 年 5 月第 1 次印刷
定价：62.00 元

如有印装质量问题，请与三河市华东印刷有限公司联系调换
地址：三河市燕郊冶金路口南马起乏村西
电话：19931677990　邮编：065201

序

　　那时候常喝些小酒，一帮文学爱好者聚在一起，侃文学。

　　尤佑就是在那时认识的，他给我的第一印象是端正，继而是低调、腼腆，说话轻声轻气。这大约是十年前的情形。

　　酒桌上热热闹闹，众声喧哗，但文学一直是主角，像女神一样供着。不知在哪一次，我跟尤佑说，评论是个空档，从事的人少，不妨往评论发展。就这样，说者无心，听者有意，我无意间插下了一枝柳。也就这样，一个评论者起初在泥里冬眠，在春天破土，几个冬夏以后，已长成树。尤佑由此走上了评论之路。

　　这便是喝酒带来的好处，也成就了一段小传奇。

　　文学有时是需要氛围的，一交流，一嘀瑟，就开始发力了。没有这氛围，那些文学的细胞可能还在沉睡，甚至在梦游。一激发，一竞争，另一个自己便诞生了。

　　这是热闹，是交际，是事物的一方面。其实，文学更多地需要寂寞。

　　你在写这个世界，其实世界也在写你，你必须走进世界的角角落落，走进繁华与荒芜，走进那片一个人的寂静之地。走进寂静了，才算真正走进文学。

　　人群中不乏爱好文学的人，但大多是蜻蜓点水，浅尝辄止。

我是看着尤佑一点点发奋，一点点入迷，然后让自己彻底被文学俘虏与包围的。这是需要勇气的，繁忙且花花绿绿的世界时不时会出手，把你拉回去。这时候必须要有定力，更需要恒心。

尤佑写诗，写评论，一手感性，一手理性，在两者间穿梭。这里面是存在一定矛盾的，但他能化解。他的诗，呼应着自己，表达自身，是个性的张扬与流露。而评论，则是用他的眼去观察别人，用一把虚拟的尺，丈量别人与世界的种种关系。这是两种格局，一个内在，一个外在，当然外在里面也有内在。他用内在把两者统一。

我们时常交流，在我的办公驻地——高家洋房。对着这座百年老宅，在桂花树丛中，两个人静静地聊。每次谈的都是与文学有关的事，那些熟悉与不熟悉的作家，还有浩瀚无边的作品，就在我们身边出没、漫游。我觉得这也是一种奢侈，因为身边的人都不谈文学了，人们关心房子、车子、股票、健康，还有八卦。从这个意义上说，尤佑是不合时宜的，我猜他已经找到了精神上的那份快乐与自在。

一转眼，尤佑也近四十了。

中年的他最近颇为忧心，起因是父亲。父亲生病以来，他对这个世界的理解不同了。这便是生活，痛折腾我们，磨出了茧，也生出了百般感悟。这份生命的痛也回馈写作，就这样，一个单纯的青年开始步入成熟中年的写作。

生活里人们说起文学，轻飘飘的，还有种盎然诗意。其实，哪里是这般啊。写作是酸甜苦辣的大集聚，是被生活碾压后的一种释放，有时，更是一种化蝶般的涅槃。

我读他近期的诗与评论，发现思路更开阔，表达也更复杂了。

他有一首叫《另一种蓝》的诗，发表在《十月》杂志上。我喜欢这首诗，它是对他为何写作的一种悄然流露。

抵近，只能是一种表面的消瘦

在白天，黑夜发胖了以后，我闭了眼

想着沃尔科特的白鹭

它和栖息在唐诗里的鹤有何分别

然后，向内寻找一条深江

它有别于大海、蓝天，现实的我

但及

2022 年 11 月 16 日于若素楼

目　录

CONTENTS

第三辑

第一辑

镜子，或时间之梦 ①

　　庚子年仲夏，我借出差之机到衢州烂柯山游玩。山上的灌木
丛郁郁葱葱；走上一阵，我发现大树葱茏，杂草灌木稀疏。这颠
覆了我以前的认知——树越是大，它的旁枝越少；山间的树木疏
朗，林间空地便日见空旷。

　　博尔赫斯是我阅读视野中的大树。在烂柯山，我想到博尔赫
斯的《棋》（载《诗人》）。

　　　　上帝操纵棋手，棋手摆布棋子。
　　　　上帝背后，又有哪位神祇设下
　　　　尘埃、时光、梦境和苦痛的羁绊？

　　王质上山砍柴，看了一盘棋，下山后，物非人非。真是人生
如棋，人如棋子。转眼之间，我已入不惑之年，在父亲患重病之
后，到了感受上帝的年纪。"尘埃、时光、梦境和苦痛的羁绊"，
一生何求呢？

---

① 本文所引博尔赫斯诗作皆出自林之木、王永年译《博尔赫斯全集·诗歌卷》，
　浙江文艺出版社，1999年版。

一定程度上，博尔赫斯六十余年的文学旅程，坚定且曲折。五岁那年，他向身为心理学教师的父亲坦言，未来要当作家，父亲欣然赞许。继而，在求学的十余年里，他读希腊神话、《堂吉诃德》、奥斯卡·王尔德的《快乐王子》，并且掌握了法语、拉丁语、德语等多种语言。晚年，即使患有严重的眼疾，他也从未放弃过文学，他"择一事终老"的精神激励着我在文学路上踽踽独行。

1

《布宜诺斯艾利斯激情》是博尔赫斯自费出版的第一本诗集，时约 1922 年。生于富贵家庭的博尔赫斯，少年时期都生活在阿根廷的布宜诺斯艾利斯大街。1914 年，其父因双目几乎失明，选择提前退休，携全家旅居欧洲。异乡生活培植了他的诗性。在他二十一岁那年，全家移居西班牙，其间，他参与了许多文学革新派的活动，在塞维利亚接触极端主义运动，并发起了《极端主义宣言》。

青年博尔赫斯受到叔本华和尼采的哲学的影响。在诗歌创作上，他继承了尼采的哲思。只不过，尼采创作的诗歌偏于议论阐释，而博尔赫斯则优先选用意象。在他早期的诗歌中，意象细节饱满、真实。

稍后，博尔赫斯加入了阿根廷先锋派作家群。他用热血书写着青年生活。

……

而是洋溢着晨昏的柔情、

几乎不见行人踪影、

恬淡静谧的街区巷里，

还有那更为贴近荒郊、

连遮荫的树木

都难得一见的偏隅僻地：

……

（《街道》）

……

那夜色初上的街道与我无关，

每幢楼舍都是烛台一具，

人的生命在燃烧，

好比是各不相同的蜡炬，

我们向前跨出的每一步

都是在髑髅地里驰驱。

（《陌生的街道》）

这段时间，博尔赫斯的诗歌有着忧郁的音调。他目睹的街道，没有喧嚣的人群。晨昏之间，诗人行走在街道，恰如蹦过时间的河流。他感到前所未有的孤独与落寞。此时的博尔赫斯，有着所有青年的起伏跌宕的情绪。他是一个孤独的幽灵，静享人间苦难。

孤独，死亡，受难……

冷色调的意象，恰恰彰显着博尔赫斯的生命在勃发，在奋起，在偾张。

他在第一本诗集中，多次写到死亡，有的直接描述墓地，有的则涉及墓志铭。他写出了墓地的沉寂音调和哀婉气息。

> ……
>
> 树影和石碑的絮语
>
> 承诺或显示着
>
> 那令人欣美的已死的尊严。
>
> 坟丘是美的：
>
> 直白的拉丁文铭刻着生死的日月年，
>
> 碑石和鲜花融为一体，
>
> 冢园葱翠好似庭院一般，
>
> 还有那如今已经停滞并成为仅存的
>
> 许许多多历史上的昨天。
>
> ……

（《拉雷科莱塔》）

拉雷科莱塔是布宜诺斯艾利斯的陵园。诗人的家族成员大都葬于此地。年轻的诗人徘徊于这墓园，感受到生命的静默与平和。他以死亡实证生命，具有向死而生的决绝。恰如其言——"震颤于剑锋和激情"。他为他的曾外祖父伊西多罗·苏亚雷斯上校而作的《墓志铭》一诗，兼具现代诗的叙事与抒情特质。"他取得

了战斗的胜利 / 让西班牙人的鲜血染红了秘鲁的矛尖"，一句话概述了其曾外祖父勇敢的一生，也侧面反映了智利和秘鲁解放战争的残酷；"他选择了光荣的流亡 / 他如今只剩下一抔尘土和些许美谈"，这是智慧人生的晚景，选择流亡和人生最终的幻灭感，让人对生死充满敬畏。而在《适用于任何人的墓志铭》中，"不可弥合的伤痛和物欲的惊喜——将会绵延永恒"，倾向于外廓的宁静，源于内心的潮涌。

万物合规，物极必反，一个血气方刚的人，常常反其道行之，用诗歌表达对死亡的认知，从而体现青年诗人前瞻性和专断性的特点，颇有力拔山兮气盖世的况味。

2

较之 20 世纪初期兴起的意象流派，博尔赫斯在青年时期创作的诗歌具有较强的现代性。尤其是 1925 年出版的诗集《面前的月亮》，现代性曙光初现。可以说，博尔赫斯感受到了文学时代的潮流，并融入其中。他用鲜见的先锋姿态印证了赫尔曼·巴尔的名言："具有现代性是唯一的责任。"

在现实主义日趋陈旧的节点上，现代性成为敏感的诗人的共同追求。

博尔赫斯意识到不仅要在诗歌的内容上创新，更要注意形式上的变化——语言的形式也是语言的内容。

颤动的大地暑气蒸腾，

白天刺眼的白光难以逼视。
百叶窗透进残忍的条纹，
海岸骄阳似火，平原流金铄石。

旧时的夜晚仍像一罐水那么深沉。
微凹的水面展现出无数痕迹，
休闲地驾着独木舟面对星辰，
那个人抽着烟计算模糊的时间。

灰色的烟雾模糊了遥远的星座。
眼前的一切失去了历史和名字。
世界只是一些影影绰绰的温柔。
河还是原来的河。人还是原来的人。

　　此诗题为《在一本约瑟夫·康拉德的书里发现的手稿》。约瑟夫·康拉德为何人？他是英国小说家，冒险精神和谨小慎微的性情相融合，形成了他的革新力量。《黑暗之心》被认为是第一部真正意义上的现代主义作品。或者说，约瑟夫·康拉德对海洋小说的开拓，进一步发展了现实主义海洋小说《鲁滨孙飘流记》和科学幻想小说《海底两万里》，康拉德把现代冒险精神和国际贸易容纳在一个中篇小说里，并对幽微的人性进行了勘探。博尔赫斯假托康拉德之书（诗歌手稿），致敬现代主义先锋者，同时凸显出自我现代主义的觉醒。

　　另外，这首诗还有一个故事，事关诗歌"破圈"。博尔赫斯的好友内斯托尔·伊瓦拉委托他用诗歌写一则烟草广告。博尔赫斯答应了，条件是不能出现特定的商标名称，稿酬一百比索。那么，博尔赫斯有没有真正服务于商品呢？博尔赫斯用一个现代构思——一个驾着独木舟的水手对烟草的依赖，写出了烟草所带来的迷幻感觉。诗人用故事套故事的方式，增强了叙事的神秘性，而在抒情的诗歌中加入叙事，则是受到约瑟夫·康拉德小说的影响。

T. S. 艾略特的《荒原》深受《黑暗的心》的影响。在康拉德去世的当年，博尔赫斯写诗致敬也很自然。无独有偶，《航行日》《远洋上的许诺》都涉及了海洋题材。"海洋是数不清的剑和大量的贫乏""海洋像盲人那么孤独""海洋是我无法破译的古老语言""祖国啊，我还没有同你接近，但已见到你的星星。/ 我曾向苍穹最远处的它们诉说，/ 如今桅杆消失在它们的呵护下。"兴许，约瑟夫·康拉德在 20 世纪初期，就掀起了一阵海洋书写的旋风。

时隔二十五年，海明威出版了海洋小说的集大成者《老人与海》。老人圣地亚哥在连续八十五天没有捕到大鱼之后，跟随他的孩子也离他而去。他只身前往深海，像一个孤独者苟活于世间。那条巨型的大马哈鱼是人类精神互通、互搏、互存的喻体。一个苍老的人，总在想着"棒球赛""与黑人掰腕子"等往事，青年之力，令人缅怀。即使博尔赫斯对海明威颇有微词——"海明威是个冷漠的对残暴和粗鲁行为感兴趣的人。我认为，这样一个人，本身一定有什么坏东西"，但对《老人与海》，他还是做出了掷地有声的肯定："一本出色的书，一本很美的书，一本讲这么一种孤身奋战的书。"

3

菲茨杰拉德在致伯纳德·巴顿的信中写道:"人们偶然得到一本诗集,很少会抽空阅读,很少会出于心灵的音乐感而心醉神迷,一生中即使有十来次合适的机会,也不会用诗歌来抒发他们的思想感情。利用这些机会并没有害处。"这判断符合他与七个世纪前的欧玛尔·海亚姆的神交。

对我来说,诗歌创作与生命之源的通灵术相关,与现实渠道的大众传播应保持一定距离。它指向伟大,指向局促而辽阔的心灵。而在诗歌创作之路上,博尔赫斯则像是偶得的诗意。在我读到《圣马丁札记》时,一种神灵的赐予,震撼我心。

在人类文明之初,诗歌就是作为巫术而存在的。而今,诗,满足了我内心的乐律。古典汉语典雅、精确、丰富,便于传神写意。我期待用较为纯正的汉语,表达我对生命的心醉神迷。一段时间,我特别怀念故乡的深山,因为群山足以遮蔽我,让我像草木一样呼吸,像清泉一样回归本身,像我的父亲一样平静。而今,我在异乡的虚拟的城市中,河流慰藉了我,它运动不息,见证过往,指向大海。

那深山与河流本身就是一首好诗。我不过是偶然与之相撞而已。

诗,传达了人类的共同情感。落笔的瞬间,或许就可以成为永恒。诗中的事、物、景、情、境、识、人,可以通过词语的融汇而引发知音的鸣响。诗人,就是利用了人类表达思想感情的机会,写了一些掏心窝子的话。

未来，社会分工日益精细，诗歌因深入生活而多元。一些扁平的撞击，将磨损人的感受力。形式上的创新必须与内容上的深入齐头并进。我愿意找到更多的偶然相撞的机会，并借此充实我的生活，丰富汉语的诗性表达。

　　在中国新诗的发展历程中，诗人对西方现代诗的品析与借鉴，一定程度上促进了汉诗的现代性生长，同时也丰富了现代汉语，让汉语由士大夫的专擅之物转变为民众共有的媒介符号。这是汉语的再次生长。

　　的确，语言的生长是在不断的语言实践中显现的。青年博尔赫斯的诗歌语言变化，就彰显了这个问题。《圣马丁札记》这本集子里的布宜诺斯艾利斯与之前的街道有着不一样的气质。博尔赫斯依然在写街道、拱门、家族墓地、家族里的人，但笔法老练了许多。

　　　……
　　随着任何人的去世而消失的细微的智慧
　　使我深为震惊
　　——心爱的书籍、一把钥匙、同别人相处的习惯。
　　我知道所有的特权，不论怎么隐秘，都属奇事之例，
　　参加这次守灵更其如此，
　　聚在不可知的事物——死者——周围，
　　陪伴和守卫他死后的第一夜。

　　这首题为《城南守灵夜》的诗歌，在我的诗歌创作之路上打

下了深深的烙印。现实生活中，我就居住在城南，我曾经有意识地仿写了一首《城南花圈店》，以此致敬《城南守灵夜》。城南是一个区域，对于博尔赫斯来说，这片土地太熟悉了，当有人要从这片土地消逝的时候，人们感知到的是某些具体的事物正在消失，当诗人置身于真实的守灵夜，一种无奈直上心头。"死亡是活过的生命，/ 生命是迫近的死亡；/ 生命不是什么别的，/ 而是闪亮的死亡。"（《恰卡里塔墓地》）

事实上，十年前，我阅读博尔赫斯，甚至会感到他对死亡的过度探视。而 2022 年，当我进入不惑之年，又赶上父亲罹患癌症，人生的虚幻搅扰着我，从未有过的"虚空"占据了我。在工作之余，我不停地返乡，看到父亲一次比一次消瘦下去，我体验到什么是"闪亮的死亡"。

星移斗转，我居住的嘉兴城南与博尔赫斯的布宜诺斯艾利斯的城南重叠了。当我经过"城南花圈店"，花圈店无灯，它吸入我的眼光，看上去像是恐惧深渊，像是一个通向冥界的拱门。沿街的大部分商铺紧闭，只有水果店喇叭的录音还在尽情地招揽顾客，"我单调的口哨将穿过 / 熟睡人们的梦境"，这世上的食物，为了生存，从不掉书袋。

1929 年，博尔赫斯正值而立之年。他迷恋图书馆，当他自信满满地去阿根廷图书馆应聘时，他强调不是图书馆需要职工，而是他这个人需要天堂一般的图书馆。他在二十四岁到三十岁之间，出版了三本诗集，此后的三十年，他诗兴不作，将精力放在小说、散文以及语言学研究上，但有一点是可以肯定的——对文学与生命的敬畏，让他沉醉于文学的海洋。

4

时隔三十年，博尔赫斯出版了《诗人》（1960 年）。奇特的是，这本诗集的名字是多义的。博尔赫斯的本意是"创造""创作"，谁曾想在英格兰方言中，"创造"与"诗人"同义。这是多么好的隐喻啊！而博尔赫斯却谦虚地说："我是一个手艺人（hacedor）……一个诗人和一个作家，仅此而已。"

那么，诗人与普通大众有何分别？诗人有何特质？

为了创造，诗人必先具备敏锐的观察力。他可以生活在底层，可以是精神贵族。他能在淤泥般的生活中发现人性幽暗的部分——"他们隐蔽地在黑夜的昏暗中行进"。

某日，我置身于城南某菜场，隔了两年没到这家菜场，一见之下只觉杂乱无章，鱼池里翻腾的水亦如这菜场一般混乱。如此污浊，顾客仍络绎不绝。人们总是在黑暗里淘洗生活。有意思的是，在鱼摊前，有个年过六十的老太太，穿着长裙，脖子上还围着珍珠项链。她挑选了一条鱼，交给摊主称重、宰杀。这方天地实在不是人可以长久驻足的，陈年鱼鳞一层层黏附在墙壁上，面板上的血污斑斑，腥气升腾。摊主手持电刷，刚刚还是鲜活的鲈鱼，瞬间就咽气了。在摊主忙碌的时刻，那位老太太死死地盯着那鱼目，不曾移动半步，以致摊主厌烦了，呵斥她挪开。她仿佛受了刺激，开始了她的"演讲"。

"杀鱼是可以看的，杀鸡是不可以看的。"

"我买鱼，当然可以看你杀鱼。"

"这条鱼，是一条昏睡百年的鱼。"

"昏睡百年啊，昏睡百年。你们只要给它加点冰块，它就能醒来！"

"我挑这条鱼的时候，它就半睁着眼睛，昏睡不醒。"

"太热了，这条鱼热昏了，它在打迷踪拳啊！"

她的演讲继续着。即使无人听，她依然慷慨激昂。在杀一条鱼的时间里，她竟然连声高呼"昏睡百年""昏睡百年""昏睡百年"……继而高唱起来："昏睡百年，国人渐已醒。睁开眼吧，小心看吧……"

她那高亢自信的声音和那涣散的眼神，让人深信这是一种压抑性的孤独，是一种精神走失的状态。

看见这世界，看清它的本质，是诗人的使命。博尔赫斯在《诗人》一诗中就谈到："他从未沉湎于追忆往事的快慰。在他，各种印象总是接续闪过，转瞬即逝却生动而鲜活。"

生动而鲜活的叙事永远来自真实的生活。"美好的世界渐渐将他抛弃"，诗人则需要相信"上帝的存在"。

他必须有信仰，否则，他无法承受人间苦难。毕竟，这时间的磨难像是飞翔的鸟群，难以数清。在博尔赫斯的逻辑推理中，"上帝存在"的命题，等同于《鸟的命题》。

"如果上帝存在，那鸟就有数，因为上帝知道我到底看到了多少只。"

"如果上帝不存在，那鸟就没数，因为谁都没有办法数得清楚。"

事实上，鸟是有确定数的。只是你看见的鸟在一至未知之间。那么证明，有上帝存在。

这是一个有意思的诗学命题。也就是说，世间之事，确有定数，我们在探索，有人深，有人浅；有人接近上帝，有人远离上帝；有人贴近诗歌，有人则远离诗意。

在博尔赫斯的写作中，常常会出现人神分离的现象，如弗洛伊德的本我、自我与超我之说。博尔赫斯设置的多重人格，有利于诗人对世界和自我进行反省式观察。他认为："有所作为的是另一个人，是博尔赫斯。我只是漫步于布宜诺斯艾利斯的街头的并且说不一定已经下意识地会在一处拱券和门洞前踟蹰流连。"（《博尔赫斯和我》）自我，昭示着肉身的局限；本我，指向精神的丰富；超我，预示着诗性的永恒。

在《诗人》这本集子中，有我特别喜欢的《关于天赐的诗》《棋》《镜子》《诗艺》。

> 上帝同时给我书籍和黑夜，
> 这可真是一个绝妙的讽刺，
> 我这样形容他的精心杰作，
> 且莫当成是抱怨或者指斥。
>
> ……
>
> 百科辞书、地图册、东方和
> 西方、世纪更迭、朝代兴亡、
> 经典、宇宙及宇宙起源学说，
> 尽数陈列，却对我没有用场。

我心里一直都在暗暗设想

天堂应该是图书馆的模样，

我昏昏然缓缓将空幽勘察，

凭借着那迟疑无定的手杖。

……

（《关于天赐的诗》）

"天堂应该是图书馆的模样。"这句名言流传甚广，为爱书者所知。青年博尔赫斯立志成为图书馆的拥有者，并且用终生践行了这个诺言。如此朴实无华的文字行游，让博尔赫斯成为东西方文明的拥趸者，他在"百科辞书"和"地图册"中探寻各种文明的坐标，他在书籍中与古代圣贤及盲流对话，他找寻人之人、知识以及人生的全方位的意义。

依我判断，多产的博尔赫斯，最擅长的还是呈现事物本身的诗性。小说、散文、文学批评、读书札记以及诗歌，他均有涉猎，而诗歌是他的语言运用中的黄金。

《棋》是一首很讲究技巧的诗歌。在此文开篇，我就谈到"棋"的隐喻。我反复读这首诗，每一次读还是不免惊讶。

棋手严肃地躲在自己的角落

不慌不忙地潜心于布阵摆子。

棋盘上面，两种颜色不共戴天，

紧张地一直厮杀到曙色见赤。

......

黑夜与白天组成另一张棋盘，
牢牢地将棋手囚禁在了中间
（这可是欧玛尔所作出的论断）。
......

《棋》分为两节，两节都是四四三三的，整饬且有节奏，每句三至四个音步。读来感觉像两军交战，气氛非常紧张。对于这一点，我在一段时间里一直难以忘怀。壬寅秋月，我儿子生日，在诸多礼物间难以选择，我受到《棋》的启发，在淘宝网上为他买了一款多功能棋盘，总计二十七种玩法。嗜好围棋的他对这礼物十分着迷，围棋、象棋、跳跳棋、五子棋都玩了个遍，最终在我的教导之下学会了军旗——对我来说，这是重拾儿时记忆。谁曾想到，整个秋天他都要求我陪他在棋盘上厮杀，毫不妥协。大抵每个儿子都有战胜父亲的欲望，且一直到父亲死亡，才发现所有的对抗只是虚无。

"镜子"是博尔赫斯的常用意象。他说："我对镜子怀有一种恐惧之感 / 并不因为不可穿窬的玻璃板 / 圈定和营造出一个并不存在 / 不能容人居留的映像的空间"。的确，有现实，就有想象；有物象，就有虚像；有局限，就有无限。我曾写有一首《博尔赫斯的镜子》，刊发于《野草》2017 年第 4 期。

我拿着一本书

她拿着一面镜子

我照出了狰狞的自己

她照出精致如花的自己

我不敢确信心里的黑暗

她却对幸福生活毫无怀疑

我问我的女人，你看见了什么

她反问我看见了什么

我说看见一个俗人

她说看见一朵花和诸多绿叶

我疑惑自己的眼界竟如此狭长

她似乎看到我看不见的事物

　　我清楚地记得，当时我拿的书就是《博尔赫斯全集·诗歌卷》上。妻子在一旁照着镜子，审视自己的脸庞。我一时有感触，就写下了《博尔赫斯的镜子》。显然，这不是一首深奥的诗歌，但承继了博尔赫斯的二元论：世界不是非此即彼，而是包藏万物、兼容并蓄的无我之境。

　　值得关注的是，《诗艺》一诗将博尔赫斯的诗学做了一次归纳。尤其是"将时光流逝所酿成的摧残视为／一种音乐、一种声息和一种象征"这一句，高度概括了博尔赫斯的诗学追求——音乐、气息和象征。他把时光和人生比喻为长河，而梦与诗歌则是那逝水的内在节奏，即使是翻译的语言，我们依然可以从字里行间读出生命起伏的节奏。博尔赫斯的诗歌中一直交织着两种气息：

现实生活与知识经验。"在那日暮的时分，有时候镜子里／会出现一个注视着我们的面孔／艺术本就应该如同那面镜子／向我们展示出自己的面容"，这些文字究竟出于谁之手？显然不限于肉身的博尔赫斯，否则，它怎能与几十年后的人相遇呢？

位于布宜诺斯艾利斯墨西哥大街564号的阿根廷国立图书馆内，一位伏案写作的老者始终处于玄想状态，他立志要描绘世界。诗行累积，他发现所有的诗歌不过是在书写自己。于是，在《诗人》的结语中，他动情地说："他画出了省区、王国、山川、港湾、船舶、岛屿、鱼虾、房舍、器具、星辰、马匹和男女。临终之前不久，他发现自己耐心勾勒出来的纵横线条竟然汇合成了自己的模样。"

5

博尔赫斯是注重变形的诗人。1964年，他出版了诗集《另一个，同一个》，继承、发展了《诗人》中的诗学，书写"另一个"（无限的人、事、物），即为书写同一个生命体（可能是博尔赫斯，也可能是上帝）。他在诗歌创作中，不断更新表达的形式，以发现构成生命的物质（时间）。

在这本诗集的序言中，博尔赫斯讲到一则有趣的故事。阿尔韦托·伊达尔戈在一次聚会上批评博尔赫斯的写作习惯，即对一个主题进行二次书写。当时，博尔赫斯还以"二元性"反驳，后来发现确实存在这种情况，而且这种二元写作成为精修的风格。有时，诗歌作为昙花一现的灵感存在，为其他门类的创作打了前站。

> 最后那个傍晚，子弹呼啸。
> 起风了，风中夹带着灰烬，
> 日子和力量悬殊的战斗结束，
> 胜利属于别人。
> 野蛮人胜了，高乔人胜了。
> 我，弗朗西斯科·纳西索·拉普里达，
> 曾钻研法律和教会法规，
> 宣布这些残暴省份的独立，
> 如今被打败了，
> ……

　　读到这首《猜测的诗》时，我想到 1946 年暮春时节博尔赫斯给阿根廷国立图书馆荣誉委员会委员维多利亚写的信。他在信中重申了自己的家族背景，并指出那是一个与暴力紧密相联的家族。他有诸多诗歌也是围绕着家族人物展开叙事的，换句话说，他用诗歌编写了一部虚拟的家谱。他的祖父弗朗西斯科·博尔赫斯上校死于 1874 年革命；他的外祖父苏亚雷斯上校，决定了胡宁之战的胜利，却死于流放之中；索雷尔将军，指挥过安第斯军队的先头部队，并把一生献给了错综复杂的权术和密谋；拉普里达，在门多萨被长矛刺死。《猜测的诗》的主角就是这位被刺死的先人拉普里达。大抵是因为先人的人生经历并不详备，博尔赫斯采用了"猜测"一词，换角度对接时空，以第一人称方式讲述那段残酷的历史。在这样的诗篇中，博尔赫斯将诗歌的叙事功能发挥到极致，不见意象，也不见抒情。在舒缓且节制的叙事中，诗人完成了向历史和人物的致敬。

诗歌最大的魅力就在于留白，像极了人生。我们的一生平凡而琐碎，值得记住的日子有限，但再平庸的人生也有值得留存的东西，或温暖，或残酷。诗歌则是生命最真实的记录，《猜测的诗》用三十余行，对 1829 年 9 月 22 日弗朗西斯科·拉普里达博士遭到阿尔道手下高乔游击队杀害时的想法进行了想象，恰如死者的墓志铭，准确而生动。

> 写下千百首铿锵的六韵步诗的
> 那位希腊人，在第一首中祈求
> 艰苦的缪斯女神或者神秘的火，
> 让他歌唱阿喀琉斯的愤怒。

> 他知道另一个，一位神，
> 会使我们昏暗的工作豁然开朗；
> 几世纪后，《圣经》上写道
> 圣灵能随心所欲地给人启发。

> 那个不知名的冷酷无情的神
> 把恰如其分的工具给了他选中的人：
> 把黑暗的墙壁给了弥尔顿，
> 把流浪和遗忘给了塞万提斯。

记忆中得以延续的东西归于他。

归于我们的是渣滓。

《另一个》一诗呼应了整本诗集。在这首诗中，博尔赫斯谈及了《伊利亚特》《圣经》《失乐园》《堂吉诃德》。第一节中，"六韵步"即朗读时的节奏，比如"女神啊，请歌唱佩琉斯之子阿喀琉斯的致命的愤怒"，这《伊利亚特》的开篇，可断五处节奏，共六个音步。

"把黑暗的墙壁给了弥尔顿"是解释《失乐园》对《圣经》的重构；堂吉诃德的骑士精神与荒唐的流浪经历让人进入另一个世界，它属于历史，也属于想象，每一句诗所呈现出的知识纠缠就像是量子纠缠一般，它们可能化为更小的单位，在时光的黑洞里，我们每读一首诗，它们就复活一次。

《玫瑰与弥尔顿》一诗可以说是对"黑暗的墙壁"的二次书写。"弥尔顿凑在面前 / 却看不见最后的一朵玫瑰 // 啊，一个模糊的花园里 / 朱红、淡黄或纯白的玫瑰 / 神奇地留下你古老的往昔 / 在这首诗里焕发出光彩"，这玫瑰，仍是时间之梦的延续。博尔赫斯始终在喧嚣的人世间行走，有精神层面的，亦有地理层面的游历。他游历伦敦、巴黎、日内瓦、卢塞恩等城市，法国南部、意大利北部、葡萄牙、西班牙、乌拉圭等地，又在史蒂文森、狄更斯、吉卜林、爱伦·坡的书中重温童年旧梦。但无论如何，"归于我们的是渣滓"，多么悲观，多么虚无的表达啊！

至于语言，《另一个，同一个》中的诗明显干净了许多。他不再追求整饬的长句，而是力求准确，长短句参差互补，增强诗歌的节奏感和自由度。细心的读者会发现，博尔赫斯非常讲究诗歌内在的节律，有的诗歌是四句一节，有的诗歌则是一气呵成，有的则是像豆腐块一般整齐。其实，这就是诗歌本身的优势——语言的形式也是语言的内容。如若追忆往事，行云流水有助于内在的叙事；倘若层分缕析，则需要步步推进，四句一节，章节回环，等到诗歌的末梢，往往来一句"质询启思"，如《梦》一诗的末句"今夜在模糊的梦中 / 在你墙的另一侧，你将是谁？"

6

又过一年，1965 年，诗人再出诗集《为六弦琴而作》。诗如其名，这本集子中的诗歌非常注重诗歌内部的音乐性。许多诗直接以"关于××的歌谣"为题，以强调其韵律。

博尔赫斯自谦："至于出自拙笔的这些歌谣，读者应该通过想象有一个人坐在自家的门槛上或者是在商店里怀抱吉他边弹边唱的情景来补上没法听到的音乐。手指拨动这琴弦，唱词的内容也就远不及那节奏重要了。"

林之木翻译的《为六弦琴而作》，让我读出了民间歌谣的味道，仿似中国的信天游。而诗歌与韵律的关系，早就成为诗人的共识。亚里士多德在《诗学》的第一章中就说："正如有人用色彩和形态模仿，展现许多事物的形象，而另一些人则借助声音来达到同样的目的一样，艺术都凭借节奏、话语和音调进行模仿——或用其中的一种，或用一种以上的混合。"

弹起吉他把歌唱，

唱唱刀光闪闪亮，

唱唱摸牌、抓子儿，

唱唱跑马、发酒狂，

唱唱博拉瓦海滨，

唱唱牧道事无常。

　　这是《关于两兄弟的歌谣》的第一节。博尔赫斯把视野放到了图书馆之外，放到高雅的人生之外，发现民间传奇故事——伊韦拉氏两兄弟互相残害的故事。当读到最后，我们发现这两兄弟的故事竟然是《圣经》中亚伯与该隐的鲜活版本。"哥哥胡安不服气 / 心有不甘生妒忌 / 忍让终有到头时 / 于是设下狠毒计 / 就在海滨勃拉瓦 / 一枪送他归了西"。兄弟之间的隔阂与互戕，似乎成为某种咒语。当诗人的题材属于民间，他必须找到符合这内容的表现形式，即民间歌谣。我不知道博尔赫斯是否读过"信天游"，但可以肯定的是，《为六弦琴而作》的形式与之有异曲同工之妙。口语化的复沓节奏，像是民间说书人在拉开序幕，拉近了"讲"与"听"的距离。

　　在这段时间，博尔赫斯第三次访问欧洲，并在英国、法国、西班牙、瑞士等地发表演讲。与友人合作出版论著《布宜诺斯艾利斯的语言》和《英国文学入门》。从理论著作抽身后的诗歌创作，带有鲜明的"传播性"特点。

　　任何一个民族都有属于自己的歌谣，它源于劳动人民的集体创造。骁勇的哈辛托·奇克拉纳，蛮横的堂尼卡诺尔·帕雷德斯，在诗歌中复活。透过诗行，你可以看到他们鲜活的肖像，比如："满头银丝硬且直 / 浑身上下牛皮衣 / 肩披一件大斗篷 / 金戒大得没法比"，隐没在烟尘中的小人物，赫然而出。或许，这就是六弦琴奏出的民歌。

7

镜子、迷宫、剑、老年和伦理观，融汇在博尔赫斯的诗歌之中。1969 年，年已古稀的博尔赫斯出版了诗集《影子的颂歌》。在这一年，他访问以色列，在特拉维夫讲学。其间，他对以色列有了更深入的了解。

他尤其关注波斯诗人、哲学家、天文学家欧玛尔·海亚姆的《鲁拜集》。《鲁拜集》开创了新的创作体例，那就是属于波斯文明中的柔巴依，其魅力远远超过一般的民间文学。

> 以色列，谁能告诉我，
> 你存在于我血液的古老河流
> 构成了复杂的迷宫？谁能告诉我，
> 我的血和你的血流过什么地方？
> 没关系。我知道你在圣书里，
> 那部书包罗了几千年的时间，
> 记载了赤子亚当的历史，
> 以及耶稣的事迹和苦难。

你在那部书里，它是镜子

照出了每一张俯视它的脸，

也是上帝艰巨复杂的镜子，

从中可以看到他可怕的容颜。

你好，以色列，你满怀战斗激情

守卫着上帝的堡垒。

（《致以色列》）

米德拉西·坦胡马曾说："以色列是世界的中心；耶路撒冷是以色列的中心；圣殿是耶路撒冷的中心；至圣之所是圣殿的中心；神圣约柜是至圣之所的中心；而奠定这个世界的基石就矗立在神圣约柜的前方。"当博尔赫斯用多首诗赞颂这神圣之城，他更多地融入自己的血液，"迷宫""镜子""上帝的堡垒"，让这座城变得很魔幻。

在我看来，圣城不仅作为宗教元素存在，而且是心中镜像的文字再现。我特别喜欢博尔赫斯在文字中表现出的梦幻感。

《影子的颂歌》有一定的学术性。它与同时期博尔赫斯创作的散文不同，诗句的独立和诗意的留白，强化了《迷宫》内部的节奏，增强了艺术的表现力。残雪在《解读博尔赫斯》一书中，针对《迷宫》，阐述了艺术观念上更新换代的观点。其判断非常准确，博尔赫斯是艺术创造中的佼佼者。收录在《影子的颂歌》中的《迷宫》一诗，具有极强的音韵美。

8

"语言是一种传统、一种感受现实的方式，而不是各种印象的大杂烩。"博尔赫斯如是说。在解读博尔赫斯的时候，我尽力规避大杂烩式的印象杂谈，而指向博尔赫斯的生命诗学，故而，我愿意分阶段、有侧重地对这位"生命即是诗歌"的大文豪进行解读，探索他诗歌的语言传统。

不难发现，勃朗宁、布莱克和惠特曼对博尔赫斯的诗歌创作有着较强的影响，但弱于西班牙现代主义文学传统的影响。

《老虎的金黄》出版于1972年，是博尔赫斯的第八本诗集。中国传统文化中，老虎是凶悍、威猛的代表。自古以来，留下了诸多谚语，譬如："老虎头上拍苍蝇，不想活了。""老虎戴念珠，假装慈悲。""老虎追得猫上树，亏留一手。""放虎归山，后患无穷。"透露出人们对老虎的敬畏与恐惧。

然而，博尔赫斯却钟情于老虎。曾有一张照片：众人围聚在博尔赫斯身边，他身穿白色衬衫、打着领带，而在他的身边就依偎着一只巨大的老虎。足见博尔赫斯爱虎、亲虎。

依我判断，博尔赫斯有虎的气质。而那虎，不是令人恐惧之物，而是有速度、重节奏之物。所谓的"有速度"，是说它是兽中之王，但绝不嗜杀成性，毕竟，生存不等于掠夺；而"重节奏"则是指向心灵领地。

可以比较一下英国诗人布莱克诗歌中的老虎和博尔赫斯笔下的老虎。

老虎！老虎！火一样辉煌，

燃烧在那深夜的丛莽。

是什么超凡的手和眼睛

塑造出你这可怖的匀称？

从何处取得你眼中之火？

取自深渊，还是取自天国？

凭什么翅膀他有此胆量？

凭什么手掌敢攫取这火光？

……

（《老虎，老虎》）

　　这首《老虎，老虎》，由飞白翻译，译出了原作的精髓——可视性。"火一样的辉煌"，"匀称"一词，将黑色背景下的耀眼火焰的质感和盘托出。而取自深渊，还是取自天国，问出了内心的力量。

　　博尔赫斯的《老虎的金黄》，有向布莱克的《老虎，老虎》致敬之意。另外，博尔赫斯进一步发展了虎所代表的"神话、史诗的辉煌"。他在诗集《夜晚的故事》中，将虎的意义无限延展："大家瞅着它在坚固的栅栏那面来回逡巡，蕴含着无穷的力量，俊美而不幸。那天早晨在巴勒莫的虎，东方虎，布莱克、雨果和希尔汗的虎，古往今来的虎，也是标准型的虎，因为就它而言，个体代表了整个物种。我们认为它残忍而美丽。一个名叫诺拉的女孩说：虎是为了爱而存在的。"（《虎》）

令人费解的是，为什么不是"金黄的老虎"，而是"老虎的金黄"？如果"金黄"作为形容词出现，那么此诗的中心意象只是"老虎"。

> 那威猛剽悍的孟加拉虎
> 从未曾想过眼前的铁栅
> 竟会是囚禁自己的牢房，
> 待到日暮黄昏的时候，
> 我还将无数次地看到它在那里
> 循着不可更改的路径往来奔忙。
> 此后还会有别的老虎，
> 那就是布莱克的火虎；
> 此后还会有别的金黄，
> 那就是宙斯幻化的可爱金属，
> 那就是九夜戒指：
> ……

（《老虎的金黄》）

博尔赫斯直接在诗中提到了"布莱克的火虎"，表明虎意象的传承，而当我读到"囚禁"之时，我想到了里尔克的《豹》："它的目光被那走不完的栅栏／缠得这般疲倦，什么也不能收留／它好像只有千万条铁栏杆／千万条铁栏杆后没有宇宙。"

毫无疑问，虎与豹，都是力量的象征，而眼下，这股力量，或欲望，被栅栏严密地控制起来了。两者又存在不同，里尔克笔下的豹相对具象一些，解释相对局限，而博尔赫斯的虎，则是多义的、抽象的、朦胧的。

从理趣上讲，布莱克、里尔克和博尔赫斯，乃至中国诗人牛汉所创作的《华南虎》，都有指向"拘禁之中唤自由"，但博尔赫斯的宿命论比较突出——任何强悍的动物都难免一死。借此，诗人参悟人生的悲剧性，明知上帝的命数，却艰难地生活下去。

"金黄"，成为"宙斯幻化的可爱金属"，也指"九夜戒指"。这是一个奇妙的转承，也就是说，前半部分，几位诗人所写近似，但博尔赫斯的《老虎的金黄》有进一步推进的力量，将诸神的黄昏暗藏在夕阳之中。

可以说，博尔赫斯的深度推进，令人拍案叫绝。

9

2022年5月初，我应诗人陈泉邀请写就长诗《在水边》。这首诗歌，涉及嘉兴经开区的几个地点：马家浜、海盐塘、塘汇、石臼漾和姚家荡。利用"五一"假期，我与家人到这些地方游玩，所见之景色触动内心。我在诗中注入了我的诗学见解和情感。

诗成之后，陈泉为我的诗歌写作一篇评论。其中，他借用博尔赫斯的观点评述我的诗歌："诗歌的任务有二：一是传达精确的事实，二是像近在咫尺的大海一样给我们实际的触动。"

对此，我非常赞同。其实，我早在读《深沉的玫瑰》之时，已然感知到博尔赫斯对"精确"和"触动"的追求，并以维吉尔的诗句"悲从中来，泫然泪下"来传达那种悲伤的触动。

人生如寄，多忧何为。博尔赫斯的一生是率真的、充实的，甚至是接近完美的。他的完美在于贴近生活和自我生命体验。他得到了缪斯的玫瑰，获得了内心的安宁。

颅骨、隐秘的心、
看不见的血的道路、
梦的隧道、普洛透斯、
脏腑、后颈、骨架。

我就是这些东西。难以置信，
我也是一把剑的回忆，
是弥散成金黄的孤寂的夕阳、
阴影和空虚的缅想。

我是从港口看船头的人；
我是时间耗损的有限的书本，
有限的插图；
我是羡慕死者的人。

更奇怪的是我成了
在屋子里雕砌文字的人。

自画像，是许多艺术家都做过的。博尔赫斯的《我》，沉稳且低调。他先从物质的角度——每个人都拥有的血肉之躯——解析自己。难以理解的是普洛透斯，普洛透斯是希腊神话中具有变形能力的早期海神，普洛透斯效应（Proteus effect）最初指赋予不同的角色时，个体往往会表现得与这些角色的特点相一致。这张传情达意的脸，时而茫然，时而高昂。当然，作为知识分子的博尔赫斯，不止于苟且、顺从的肉身修辞，他有更丰富的精神诉求。"剑的回忆""弥散成金黄的孤寂的夕阳""阴影和空虚的缅想"，都指向沉郁顿挫的生命感受，这可以是拟古情韵，亦可以是苍凉现实，更多的是虚实相生。

　　最终，他成为一个雕砌文字的人，成为文学星辰中璀璨的一颗，远远地挂在天幕，照亮无数代的无数人，为他们迷失的生命找到归宿。他的书，是媒介，是暗号。

> 我的书（它们不知道有我这个人）
>
> 是我不可分割的一部分，如同这张脸
>
> 有着灰白鬓发和灰色的眼，
>
> 我在镜子里徒劳地寻找，
>
> 只能用手触摸。
>
> 我想到那些书页里
>
> 有些表达我思想的基本词句，
>
> 甚至是我自己写的，
>
> 它们却不知道我是谁，
>
> 想到这里不免有点伤心。

这样也许更好。死者的声音
将永远向我诉说。

（《我的书》）

博尔赫斯在短短的几行诗中，精确地传达了作品与作者的关系。如果说，"基本词句"是诗人表情达意的介质，那么，作品一旦写出，就成了脱离母体的孩子，且互不关联。"我在镜子里徒劳地寻找"，其中的"镜子"，成为时间之梦的代指，也是人世生活的虚幻之境。诗歌，从某种角度上讲，是思想的巫术。它是不断诉说的"死者的声音"。

此刻，我听到博尔赫斯的声音，不来自博尔赫斯本人，而是源自生命本体的共生与共鸣，源自语言本身的力量。

是故，镜子，或时间之梦，是一枝深沉的玫瑰。"我看不见你，但知道你存在 / 这件事增添了我对你的恐惧，/ 你居然成倍增加那些构成并且包括 / 我们的事物的数目，这事未免离奇。// 你死去时将会复制另一个，/ 然后是另一个，另一个，另一个……"（《镜子》）

中国古人讲的七魂六魄，就是人的幻化。博尔赫斯将真实的生活虚拟为"永不停息的镜子"，镜中虚像，是真实的思想。于此，恰恰要说，谁的人生不是虚无大于真实呢？如果归于肉体之限，那又是多么局促的人生啊。虚拟的，幻化的，恣意的，自由的，永恒的，突破时空与生死界限的人生，充满令人恐惧且神秘的感召力。

10

可为，或不可为，这不是自然天成的事。它与时代相契合，且每个人、每个时代都有自己的局限，博尔赫斯在《铁币》的序言中说："我认为我们这个时代产生不出来品达体颂歌、广引博征的历史小说或者诗体辩护词；我认为，也许近于天真，我们还没有完全开发变幻万千的十四行诗和赫赫有名惠特曼的自由体诗的无限表现力。我还认为，抽象美学是一种虚幻的梦想、漫长的晚间聚会的愉快话题或者激励和困扰的源泉。"三个"我认为"，直率地表明了博尔赫斯的文学观念。他属于"作家中的作家"，以天真和广博的知识影响着一代又一代的作家。

对于文学来说，恰恰是天真和爱情可贵，有时，这两者是融汇在一起的。古稀之年的博尔赫斯遇到玛丽亚·儿玉，他们之间相差四十六岁。"那金灿的地方实在凄凉。/高悬夜空的月亮/并不是当初亚当见到过的情形。/人们无数世纪的凝注使它积满了泪水。/看吧。它就是你的明镜。"（《月亮》）将二十四岁的儿玉与月亮相比，你甚至可以感受到儿玉冰肌之美。时过境迁，月色凄凉，"积满了泪水"的明镜，哪里比得上"老夫聊发少年狂"，拥有日本血统的儿玉，成为东方审美的代表，唤醒了年迈的博尔赫斯的创作雄心。

> 每一个黎明都会营造出
> 足以改变最为冥顽的命运的奇迹。
> 人类的脚掌已经在月球上留下了印痕，

执着的追求消除了岁月与里程的距离。

蓝天上明显地潜伏着蔽日的梦魇。

地球上所有的每一件东西

都同时是自己、是反衬或者竟属虚幻。

我只对平凡的事物感到惊异。

我奇怪一把钥匙居然能够打开一扇门，

我奇怪自己的手居然确实无疑，

我奇怪希腊人的伊利亚疾矢

居然没能射中不可企及的目的。

我奇怪锋利的宝剑居然会美、

奇怪玫瑰居然会有玫瑰的香气。

　　《天真》一诗，真挚且朴素。"我只对平凡的事物感到惊异。"
我不禁要问是什么让他回到了平凡琐屑中呢？前半部分仍处在虚
幻中，"消除了岁月与里程的距离"，后面则落地了，变成了钥匙
与锁的简单关系。剥离词语，我们看到一颗简单而纯真的心在恢
复力量。"宝剑"的英雄情结和"玫瑰"的浪漫气息，盈满了整
个生命体。

　　不难得知，身患眼疾的博尔赫斯与前妻离婚后，得到了玛丽
亚·儿玉的精心照料，同时，在儿玉的激发下，他的创作欲望强
烈，创作心境却沉静如水。他尤其注重"落"，颇有尘埃落定之
味。他在《几首小诗·〈马太福音〉第二十七章第九节》中写道：
"那枚钱币落到我的掌心之中。/尽管很轻，我却没有能够接牢，/
让它落到了地上。一切都是白费。/还差二十九枚，有人这样说

道。"人生价值几何？昔日代表耶和华的先知，在百姓眼中只配得三十块银子为工价，正是日后耶稣被卖的价钱。

"钱币"成为人生价值的代指。铁币落下，像树叶凋零。仿佛一切都白费了。而真正的价值，有待开掘。"我们借用它的 / 正反两面来找出一个答案， / 回答那个没人问过的老问题： / 一个男人为什么需要女人的爱？"（《铁币》）1986 年 4 月 22 日，博尔赫斯以八十七岁高龄在日内瓦的一座小教堂里与追随他多年的四十岁日裔女秘书玛丽亚·儿玉结婚。这桩婚姻，虽说是世俗意义的结合，但在我的心灵深处，我更愿意认为它是象征的、纯精神意义的，是一颗纯洁的心灵的无限诚挚的爱的表达，是一泓清水向即将干涸的大海的一种无私的倾注。十个月后，博尔赫斯在玛丽亚·儿玉的怀中死去。博尔赫斯一生是为精神、为知识、为一个更为广阔的未知世界而不懈追求的。

11

为了一种铁的语言的词根。世界千变万化；语言一成不变。《夜晚的故事》是一本集大成的诗集，出版于 1977 年。博尔赫斯以这本诗集，致敬玛丽亚·儿玉。

> 日本音乐。
> 滴漏里悭吝地流出
> 缓慢的蜜滴或者无形的黄金，
> 在时间过程中重复一个模式，

永恒而脆弱，神秘而清晰。

我担心每一滴之后不会再有。

是昨日的回返。它遥远的将来

是从哪个庙宇、

山中哪个小花园、

不知名的大海前的守望、

羞涩的忧伤、

失去又找回的傍晚

来到我身边？

我不知道。这无关紧要。我就是那音乐。

我希望如此。我在消逝。

（《音乐盒》）

　　诗中提及了日本音乐，这不止与儿玉有关。延展开来讲，东方文化对晚年的博尔赫斯有着诱惑力。日本的浮世绘，中国的老庄哲学，以及东方艺术的幻想之美，都深得他心。雨果曾经评价，欧洲人痴迷于理想主义，对现实的模仿能力极强，希腊的巴特农神庙，罗马的斗兽场，包括文学中的史诗巨作，都指向现实；东方文明则倾向于幻想，圆明园，《西游记》《聊斋志异》等艺术作品，凝聚了东方人的想象。

　　《夜晚的故事》就是一本充满幻想的诗集。《音乐盒》一诗中的"我就是那音乐"，是自我迷醉于音乐的幻化。"昨日的回返"，正是乐律中暗合的往事。我们应该能感受到博尔赫斯的诗歌非常注重内在的乐感和节奏，它有着高山流水般的顺畅，有着解甲归田的宁静与淡泊，更有着陶渊明、寒山、王维等人的"晚年唯好静，万事不关心"的平和与忘我。

　　时间的记忆／充满了刀剑和船舶，／帝国的灰烬，／六韵步诗句的吟诵，／剽悍高大的战马，／呐喊声和莎士比亚。／我要回味的是那一次／你在冰岛给我的亲吻。(《贡纳尔·托尔吉尔松（1816—1879）》)

　　不知贡纳尔·托尔吉尔松为何人，但可感的是博尔赫斯的精确。那种诗意的精确来自生命写意的松弛，刀剑是命运的抗争，船舶是精神的远航；帝国或大或小，终将付之一炬，六韵步的诗歌却被永久传唱；战马与莎士比亚，沧桑的历史中孕育孤独，唯有爱能抚慰悲伤。博尔赫斯的语言意识，超越了诗歌本体，让读者在不同的译本中仍能找到词根本身的魅力。

　　博尔赫斯声称："一本诗集无非是一系列魔术手法。一个功力有限的魔术师靠他有限的手段尽力而为之。不适当的含义、错误的韵律、细微的意义差别都可能搞砸他的把戏。"(《夜晚的故事·后记》)

　　也就是说，博尔赫斯非常注重诗歌技巧的运用。

　　我想着那些可能而没有发生的事情。

　　比德没有写的撒克逊神话专论。

　　但丁修改了《神曲》最后一行诗句时，

　　隐约看到的不可思议的作品。

没有那个十字架和毒芹的下午的历史。

没有美貌的海伦的历史。

人们没有借以看到月亮的眼睛。

奠定南方胜利的葛底斯堡三天鏖战。

不是我们共享的爱情。

北欧海盗无意建立的辽阔帝国。

没有轮子或没有玫瑰的世界。

约翰·多恩对莎士比亚的评价。

独角兽的另一只角。

同时在两地的爱尔兰神话鸟。

我未曾有的儿子。

如此诗题目——《可能发生的事情》，诗歌不应该只记录已经发生的事情，更应记录可能发生的事情。尤其是那些历史变化中的细节，或可能之走向，都是弗罗斯特诗中的"未选择的路"，那恰恰是谜一般的虚幻，与真实分别构成了两条相同的道路。在文学的世界里，它因为未曾涉足而显得更加幽静迷人。比德，历史学家，本笃会教士，对诗韵、拼写、物理学和编年学都有深入的研究。他的撒克逊神话专论，促成了人类的信仰。但丁的伟大作品《神曲》中的地狱、炼狱与天堂，呈现出人类发展的共性。约翰·多恩则是英国玄学派诗人，早期写爱情诗和讽刺诗，晚年写宗教诗和布道诗，他以诗的转向实证了宗教的强大控制力。他对莎士比亚的评价不可谓不准确。诗歌的最后，博尔赫斯跳到"我未曾有的儿子"，跨度巨大，心灵真实。作为一位深受父亲影响的诗人作家，博尔赫斯对"儿子"的渴念也是显而易见的，遗憾在诗中流露出来。

12

时间来到1981年，博尔赫斯距离告别肉身世界仅剩六年，倘若以天计算也只有两千来天。知识渊博的他一定知道如何避免虚度和悲伤。玛丽亚·儿玉继续激发着这个年迈的老者，向文学的天堂抵近。他的爱，仍然清澈，以至儿玉评价晚年的博尔赫斯，仍用羞赧、天真、可爱一类的词语。

在《天数》这本集子中，博尔赫斯的写作更加自由。他知道人们对他博学的尊重或恐惧。诗，一定不是象牙塔里的陈设品，也不是圭臬。如何让诗的语言和思维活跃起来，博尔赫斯在新诗集中做了有益的探索。

通过广泛的阅读，他展示了游戏式诗歌典范的韵律美和文人诗的内涵美两大类型，并尝试将二者融为一体。

他真是一个求变求新的诗学创造者啊！

在写到笛卡儿时，他连续用"我梦见"构成排比铺陈，将哲学家的种种观念一一道来。

......

我梦见过月亮以及我那看到月亮的双眼。

我梦见过混沌初开第一天的黄昏与黎明。

我梦见过迦太基和毁灭了迦太基的军团。

我梦见过卢卡努斯。

我梦见过髑髅地的山冈和罗马的十字架。

……

我将继续梦见笛卡儿以及他的先辈们的信念。

（《笛卡儿》）

从韵律上来说，"我梦见过"的句式，决定了整饬的结构和多元的散点。笛卡儿是科学家，也是哲学家，在博尔赫斯看来，笛卡儿的丰富难以言喻，似乎只有用这种形式，才能道尽笛卡儿的影响力。在《写在购得一部百科全书之时》中，诗人用"这就是"句式呈现百科全书的丰富性。"这里还有看不见东西的眼睛、颤抖不已的双手、无法阅读的书籍。"的确，这是文人才能解读的诗歌，是化繁为简的笔调。博尔赫斯本身就是一个强大的知识体系，他以丰赡的阅读和超强的记忆力写就一部百科全书式的诗歌。他在《〈传道书〉第一章第九节》中用"如果我"的句式推进，"我一遍遍地演绎着同一个寓言／我重写着已经重写过的诗句／我复述着别人说过的话语，／白天或者茫茫黑夜的同一时刻／我都有着同样的感觉。"

同样的句式，以排山倒海之势向读者扑来，似有一位智者不停地盘问，不断地检验你的知识。

有意思的是，在《天数》一书中，博尔赫斯尝试了俳句创作，这与玛丽亚·儿玉不无关系。他的《俳句十七首》散发智慧的光芒。

"在天亮之前／那被我忘掉的梦／是真还是假？"此句延续了

"时间之梦"的主题，贯穿着博尔赫斯的"精神量子力学"。"琴弦已悄寂。/悠扬乐声倾诉了/我心中感受。"余音绕梁，在声音消歇处冥想、感知，才得况味。"在冥冥之中，/书籍、图片和钥匙/伴我生与死。""书籍"是传统写意，"图片和钥匙"则是现代性的生活。博尔赫斯的艺术灵感在不断翻新，它不仅来自书籍、宗教、时代。日常生活所赋予的切身感悟恰恰还原了真实的博尔赫斯。

"闲置的宝剑/梦着自己的战绩。/我另有所梦。"宝剑被博尔赫斯反复书写，一如猛虎，暗含一种艺术激情与抗争的力量。即使已至暮年，也阻止不了他的亮剑。"醉里挑灯看剑，梦回吹角连营，八百里分麾下炙，五十弦翻塞外声，沙场秋点兵"，或许辛弃疾的这首《破阵子·为陈同甫赋壮词以寄之》与博尔赫斯的梦意蕴相通。而博尔赫斯的宝剑之梦的技法，又与辛波斯卡的《博物馆》异曲同工。

13

我经常在想，1983年是一个什么样的年份？那时的世界面貌究竟如何？对我来说，1983年意味着生命的开始。在这一年深秋，我降生在鄱阳湖畔一个村庄里，庐山与鄱阳湖的中点，恰恰是我落地生根之所。许多年后，我读到苏东坡的"庐山烟雨浙江潮"，冥冥之中感受到一股自然力的召唤：我与这个世界的联系早已写就。

在世界的另一角，博尔赫斯与玛丽亚·儿玉正处于精神恋爱的火热期。他们用"图片"记录了那些美好的瞬间。即使有许多人怀疑"老眼昏花的博尔赫斯误入文字秘书的圈套"，即使博尔赫斯死后玛丽亚·儿玉拥有了其所有版权，也不能否认玛丽亚·儿玉对博尔赫斯晚年创作的推动，以及她整理、传扬其作品的功德。有文字为证："（图片册）是把我们的由精神世界组成的梦想织进时间经线的借口。"（玛丽亚·儿玉《图片册·后记》）

"不管怎样，事件的前夕和事后的回忆总比不可捉摸的目前更为真实。旅行的前夕是旅行可贵的组成部分。"（《1983年8月22日》）1983年8月22日，博尔赫斯和玛丽亚·儿玉开启了欧洲之旅。《图片册》正是为那些美好时光配文的诗作。

博尔赫斯并没有局限于诗的形式，而是任情感流泻，率性而作。

在水城威尼斯，他写下了一篇富于诗性的游记。《威尼斯》原诗不分行，我尝试将其中一段分行成诗：

> 峻峭的岩石，源起山巅的河流，
> 河水和亚得里亚海水的汇合，
> 历史和地理的偶然和必然，
> 挟带下来的泥沙，岛屿的逐渐形成，
> 近在咫尺的希腊，鱼群，人们的迁移，
> 阿尔莫里加和波罗的海的战争，
> 草泥糊墙的茅屋，纵横交错的运河网，
> 远古的狼，达尔马提亚海盗的骚扰，
> 精致的红陶器皿，平顶房屋，大理石，

阿蒂拉的骑兵和长矛，身无长物的渔民，

伦巴第人，东西方交汇点之一，

……

　　博尔赫斯的旅行诗不同于一般意义上的地理诗、游记诗，而是实践之后的人文诗。他以渊博的知识，潜入城市的文化底蕴。古老的威尼斯共和国的独立归功于剑，但靠笔证明。那些水路，则是行走的道路。

　　他们在克里特岛旅行时，见到"一条长着人头的公牛"——牛头怪。于是，他写下了《迷宫》。

　　这是克里特岛上的迷宫。

　　这是克里特岛上有牛头怪盘踞其中的迷宫。

　　这是克里特岛上有牛头怪盘踞其中的迷宫，根据但丁的想象，它是一条长着人头的公牛，有多少代人迷失在它错综复杂的石砌网络里。

　　这是克里特岛上有牛头怪盘踞其中的迷宫，根据但丁的想象，它是一条长着人头的公牛，有多少代像玛丽亚·儿玉和我这样的人迷失在它错综复杂的石砌网络里。

　　这是克里特岛上有牛头怪盘踞其中的迷宫，根据但丁的想象，它是一条长着人头的公牛，有多少代像玛丽亚·儿玉和我这样的人那天早晨迷失在它错综复杂的石砌网络里，并且还要在时间的另一个迷宫中迷失。

我把这首《迷宫》作分行处理，"迷宫"内部的结构更加清晰。博尔赫斯不断为"这是一个怎样的迷宫"添加定语、状语、补语，以呈现现实迷宫并不复杂，而时间的迷宫则令人着迷。是啊，精神迷宫最扑朔迷离。一座岛屿上的牛头怪，再怪也在想象范围之内，而当人置身迷宫之时，才发现错综复杂的石砌网内，潜藏着人的意识迷局、时间迷局、生命迷局。博尔赫斯是多么渴望能和玛丽亚·儿玉永久地住在这个迷宫里啊，但时间的迷局没有回响。

14

1986年6月14日，博尔赫斯离开人间。在此之前，他已陷入失明，陷入黑暗之中。他的眼疾是家族遗传，也是因为用眼过度。曾经他嗜书如命，一个字一个字地救出虚无的知识。在生命最后的一段时间，他不再目睹人间形色，只闻儿玉轻声呢喃。"这个世界如今只属于别人，/ 我只能在黑暗中吟诗作文。"（《密谋·关于他的失明》）

他选择口授文字，将诗意行进到生命的最后时刻。

1985年，博尔赫斯出版了最后一本诗集《密谋》。博尔赫斯自谦："我没有任何美学模式。"（《序言》）事实上，博尔赫斯的诗歌美学非常明显，他致力于开掘日常生活美学，将人文知识与生活经验紧密结合。"跟幸福一样，美是很常见的东西。我们没有一天不在天堂里面逗留片刻。"（同上）我相信，写作《密谋》时，他的内心平静且幸福，即使他所写的是《世界末日》。

那将发生在号角吹响的时候，使徒约翰写道。

那是在 1757 年，根据斯维登堡证言。

那是在以色列，当母狼将基督的肉身钉上十字架的
　　时候，不过也不止是在那一刻。

那将发生于你的脉搏的每一次跳动。

没有一个瞬间不会成为地狱的进口。

没有一个瞬间不会成为天堂的流水。

没有一个瞬间不像装满火药的枪膛。

每时每刻你都可能成为该隐或悉达多、戴上脸谱或
　　显露真容。

每时每刻特洛伊的海伦都会向你表白爱情。

每时每刻公鸡都会完成三次报晓。

每时每刻滴漏都可能让那最后的水滴坠落。

　　对复活的渴望，源自生命的局限。博尔赫斯晚年的诗歌，离
宗教很近。世界末日反映了个体生命的恐惧。"基督的肉身钉上十
字架的时候"，肉身幻灭，意志复活。对于每个人来说，每一瞬
间，每一时刻，都有亡故之险，但我们不能深陷死亡的恐怖泥沼
而无力自拔。既然痛亦生，乐亦生，那么如何调整生的心理，就
成为生命价值的基石。诗意饱满的人生，定然是向死而生、生生
不息的。博尔赫斯说，每一时刻，我们都可像该隐、悉达多一样
悟道成神，用爱抵达拂晓之布宜诺斯艾利斯大街。

　　倘若以人文诗定位博尔赫斯的诗歌，那是远远不够的。博尔

赫斯深知束之高阁的书卷是死亡之物。只有被阅读、被唤醒的灵魂，才有存在的意义。在他的文学世界里，他拥有一双恒动的自由之翼。

即使在生命晚秋，他仍然生活在时代的前沿。"网络"作为新时代的名词出现在博尔赫斯的文字里，令我惊讶。"那网络可有边缘？叔本华认为网络就像我们从云彩的变幻中看到的人脸和雄狮一样荒唐。那网络可有边缘？那边缘不会是伦理上的，因为伦理是人类而不是不可捉摸的神明的梦想。"（《1982》）

"网络可有边缘？"自1991年万维网被发明出来，我们的信息传递方式发生了逆天的转变。网络边缘可有伦理？用他在《密谋》一诗中的句子回答："也许我没有说准。但愿我是个预言家。"

某种程度上，博尔赫斯已经进入文学星辰的预定轨道。他的每一句诗都是光芒，融合了他的探索精神和生命智慧，照耀着、温暖着每一个阅读他的人。

水是一场嬗变的火 ①

进入中年，我忌谈孤独。毕竟，我已是两个孩子的父亲，他们的欢笑占据了我的大部分时间。孩子长大了，反倒是更加傲慢，更多偏见。事实上，这是自然的，在外面，这点傲慢偏见就变成了自信。在父母面前，孩子永远是松弛的，也是真实的。

对于我自己来说，是不是不谈孤独，它就不存在了呢？

其实，应该是另一个走向——人到中年，将陷入更深的孤独，甚至会迷失。当我读到伊丽莎白·毕肖普的诗集《唯有孤独恒常如新》，心有戚戚焉。

1911年2月8日，毕肖普生于马萨诸塞州伍斯特。在她八个月大的时候，父亲死了。当她五岁时，母亲被送入加拿大新斯科舍省达特茅斯的一家精神病院。所以，我认为她是天生的孤独者。她却做到了"世界以痛吻我，我却报之以歌"。诗歌是她的精神之源，如其所言："忘我而无用的专注"。

诗歌究竟有没有用？诗歌往往源于人生的失败。亚里士多德将诗歌与其他艺术门类相比较，得出"诗格"一说，"高精度、

---

① 本文所引伊丽莎白·毕肖普诗皆出自包慧怡译《唯有孤独恒常如新》，湖南文艺出版社，2019年版。

高纯度的思辨是最彻底的'善'"。诗就是善的艺术。毕肖普的俗世人生尚未完全开启，就落后于他人，但她选择了用诗歌救赎自己，忘我而专注地精研诗歌。这对于一个四十岁的失败诗人来说，是火与冰的纠缠——信诗，精研诗，自成诗。

> 像这样的退潮时分，水多么纯粹。
> 白色的剥落的泥灰肋骨凸起，闪耀
> 而船只干燥，排桩枯如火柴。
> 吸收着而不是被吸收，
> 海湾中的水没有溅湿任何东西，
> 气焰的颜色被调到最暗。
> 你可以闻出来：它正蒸发为气体；若你是波德莱尔
> 很可能听到它化为马林巴琴音。
> 远处的船坞尽头，小小的赭色挖泥机正劳作
> 已在弹奏干巴巴的、全然走调的击弦古钢琴。
> ……

（《海湾（写于我的生日)》)

2013 年，我读到毕肖普的《海湾》，被深深吸引。我代入她的逆商，写下了《倒置的我》。时隔十年，我在满不惑之年当天，重读这首《海湾》。我突然对世界重新充满了好奇。

大多数生日诗皆为对生命的热爱驱动。毕肖普的生日诗证明，完满的世俗生活是一种局限。毕肖普了无牵挂地行走世间，恋情山水。"水多么纯粹"，生命如是。而"泥灰肋骨凸起"，视觉到

触觉的转换，突破了时空界限。"远处的船坞尽头"，赭色的挖泥机，像是一架走调的古钢琴，视觉与听觉融合。她的诗歌有奇妙之思。

从这首生日诗中，我们看到毕肖普对工业文明对人性与自然的破坏的批判。

毕肖普天赋异禀，她的诗不靠训练与雕琢。在很小的时候，她就显出极强的洞察力。她的名作《麋鹿》就是力证。

《麋鹿》是献给格蕾丝·布尔默·鲍厄斯姨妈的长诗。在创作时，她就写信给格蕾丝姨妈，说为她写了一首诗。等到创作完成，格蕾丝姨妈已与世长辞。生命有限，诗情永恒。那诗中的情韵至今在每个读者的心间传递。

在我看来，《麋鹿》胜在写出了一个女孩初次进入异域情绪上的波动，小鹿乱撞的新奇感与底层人生活的气息，盈满了词语的缝隙。

......
一只麋鹿走出
无法穿透的树林
站在路中央，或者
不如说是赫然耸现。
它走近来；嗅着
巴士灼热的发动机罩。

巍峨，没有鹿角，

高耸似一座教堂，

朴实如一幢房屋

（或者安全如房屋）。

一个男人的声音劝慰我们

"绝不伤人……"

……

　　一次童年的经历烙印在诗中。我认为这是天赋。在公交车上，格蕾丝姨妈牵着小小的毕肖普，她甚至只能看见大人们的屁股，似乎无法揣摩他们的内心。然而，毕肖普闯入那个异于平常的时刻，她看到了为生活奔波的"带着两只购物袋"的妇女，身手敏捷，满脸雀斑，年迈。她用心观察着每一位乘客，洞见了世事沧桑。午夜时分，竟然有一头麋鹿出现在乡村公路上，这是个突发事件，在小姑娘的心里留下了深刻的印象。

　　"赫然耸现"的麋鹿嗅着"灼热"的发动机罩，"绝不伤人"是陌生男人的劝慰之声，这对一个孩子来说，已经足够温暖。

　　在《麋鹿》一诗中，毕肖普对事物的观察、对气息的捕捉、对人性与自然的洞察都暴露无遗。而且，那只路遇的麋鹿，成为一扇窗，连接了过去、现在与将来。在语言上，毕肖普去粗取精，用最精确的词语表达诗意。"看，是头母鹿！"诗人强调是母鹿，似乎暗示格蕾丝姨妈带给她这个缺少母爱的小女孩的温暖，那是一个孩子的直观感受。母性也可以成为人与自然关系的一个主题，或许，我们可以将麋鹿理解成自然。车头的麋鹿与车内的乘客在相逢的一刻融合。面对"那么高贵，超然世外"的麋鹿，人们分外惊喜，看着车灯劈开的黑暗中，母鹿呼出的热气弥漫在空中。

语言精准而情韵丰盈，毕肖普的早慧和"诗人中的诗人"的品质已然显现。

思想和语言的鲜活，单纯靠想象力是难以达成的，即使你是一个敏于观察的人。其实，外界对思维的冲击尤为重要。敏锐地发现写作素材之后，还得进入写作素材内部，捕获其气息，也就是说，进入被书写对象的心灵。

毕肖普的诗歌充满异域色彩，她的地理诗不同于当下同质化的采风诗。她对地理和旅行非常着迷——但我不认为她的方向感很好，因为在诗歌的世界里不需要明确的方向感，她一生大部分时间都在美国之外。她曾数十次往来于美国、加拿大及欧洲、美洲之间。1950年起，毕肖普开始了长达十八年的巴西定居。

在巴西，她的诗歌技艺日趋娴熟，语言的精准与浓缩超越了小说家，或者说，毕肖普的语言技艺为诗人挽回了面子，为"诗歌是语言的黄金"增添了例证。她让事物自身说话，以细节展示生活的本质。如其所言："真理不是简单赤裸的个人自白，也不是对时事政治的客观分析，应该说，它是人类经验的一种探索。"

《犰狳》就是一首语言练达、意蕴深刻的诗歌。

……

昨夜，又一个大家伙陨落。
它四散飞溅如一只火焰蛋
砸碎在屋后的峭壁上。

火焰向下奔涌。我们看见一双

在那儿筑巢的猫头鹰飞起来
飞起来，涡旋的黑与白
底下沾上了艳粉色，直到它们
尖啸着消失在空中。

古老的猫头鹰，窝准是被烧了。
急匆匆，孤零零，
一只湿亮的犰狳撤离这布景，
玫瑰斑点，头朝下，尾也朝下，
……

　　这是一首赠诗，赠予美国自白派诗人罗伯特·洛威尔。据说，
罗伯特一直把这首诗藏在皮夹中。毕肖普在《犰狳》的前部着力
营造火星四溅的焦灼氛围，除了现实中的"热气球"攀升，还有
行星运动，隐含罗伯特对战争的抨击，用写意的手法呈现出越
南战争带来的虚无感与创伤。继而，她写"火焰蛋"袭击大地，
猫头鹰逃窜，犰狳撤离，大地上的微不足道的事物似乎都落荒
而逃。
　　有人把《犰狳》读成了生态诗歌，认为毕肖普在唤醒人们的
环保意识。比如有一篇论文《自然·人类·和谐——毕肖普生态
精神一瞥》，就按照动物保护主义一脉分析《犰狳》。其实，从
诗歌的最后一节"太美了，梦境般的模仿"，可以看出诗人的创

作意图——诗用于平衡世界，诗歌的"保险柜"内应该藏有平等、自由与悲悯。

"一只湿亮的犰狳撤离这布景，/玫瑰斑点，头朝下，尾也朝下"，悲悯情怀如泉喷涌而出。

毕肖普是孤独症患者，是同性恋，是真诗人。她的一生，孤独而浪漫。她的生活就是她的诗歌，她的语言。"生活即语言"，她是明证。而我对她的所有解读，都写在以下这首《孤独》之中：

八个月而孤。五岁，母亲入精神病院
你牵着格蕾丝阿姨的手，穿过新奇的街道
一只麋鹿在迷雾里跳跃
它属于丛林，却奔跑在城市的车流中

明月夜，我和你一起做起了睡眠研究者
天花板倒映着水纹
那是关于海洋的记忆
鱼水之欢，慰藉着海湾港口的水手

与生俱来的落单者，走在与世相左的路上
我占据了虚无
你在永久的现实里照镜子
并写信告诉我，记忆重叠的部分

"天地者万物之逆旅，光阴者百代之过客。"

在绘制宿命地图时

我难以握紧你流水般的手

那纤柔，似秋风中的海潮载起爱恨晚舟

湖畔读诗

1
我们在湖畔写诗，如火纯粹

"新湖畔"第1期同题诗，新鲜出炉。一周内，陆续收到卢山、北鱼、陈建辉、李雨纯、倾蓝、睡苔、宋斐、沙之塔、行安、余兮等诗人的作品。

卢山的诗，直寄"新湖畔"诸友，如其言，在热情消退的年代，坚持写诗，需要纯粹与坚守；

诗人北鱼擅长化繁为简，将繁华落尽的时光回声寄于苍凉光影，哀而不伤；

行安的诗歌意象密集、深邃，诗意邈远又切近。正如题记"沙头敲石火，烧竹照渔船"所暗含：诗须及物。行安善于从现代生活中网罗素材，营造"紧迫"感，让人听到超凡尘的"回声"；

沙之塔的《龙头鱼时刻》则重在"灵魂回响"，以海纳万象为喻，"吞噬""汇入""捕捞"，无论是自然链条，还是人为关系，无不彰显着命运回响的金属特性；

宋斐的诗，紧扣热点，以追忆金庸大侠的方式，写"侠之浩然气"在现实中的回响；

诗人陈建辉着眼于西湖十景之"南屏晚钟",余音绕梁,禅味十足;

余兮的诗则是中国文化的回声,上溯屈原、李白等,新诗藏着古韵……

以上诗人作品,或直白,或深刻。诗意先声,定会引起你的回声。

2
我有期许

恍惚间,国人把孤独乞怜的"光棍节"变成了疯狂消费的"双十一"。这样的改变会不会让更多的人陷入更深的孤独中?不得而知。

还是去湖畔走走!去看看"新青年"的诗歌。

其实,在读诗之前,我有期许。我不希望,因同题而同质,大家拘泥于题目,写出无病呻吟的诗,既浪费了时间,又浪费了才华。所以,我一开始就强调:名为同题,实则会意;拒绝同质,欢迎新风。

我希望在每一期的诗歌中,能捕捉到会意后的个性阐释。"新青年"显然带有时代特征和个体感受。青年,往往寂寂无名,与荣耀无缘,独自摇滚,自我绽放。但正是因为青年人的躁动,才有变革的力量,才有了新的可能。说"青年引领未来",实不为过。

于是,我期许自由、愤怒、反骨、挣脱、躁动、孤独、怅惘、凄冷……

阅读本期的十首诗，我找到了"新青年"的切身体验。尤其是哑城、行安和敖运涛的诗歌，完全在场。哑城的《秋雷》，令我惊呼。"新青年"的能量被具象化。"一桌革命者的晚餐""颅内的河流正赶往冬日""秋日私自行刑的荒野""秋天的死越滚越大"，多么诗化的表达啊，颇有"语不惊人死不休"的感觉。我读出了青年人的热血、暴动、激奋。行安的《新青年》，写出了"新青年"的沉郁。"咬紧牙关，再坚持几年／久藏于怀的青年，就会咽气"。诗人用凝练传神的语言表达当代都市青年的困境。"有一把琴，混迹在我们众多肋骨之中"，此为"高山流水遇知音"的达意。他使用的意象疏密有度，触及现实及语言内部的思考。还可以看出"新青年"的豪情与无奈。

如我所愿，第2期主题诗"新青年"异彩纷呈。余下的诗歌，我就不唠叨了。毕竟，他们的诗，正在寻找知音。

3
暗物质、微事物、人间弃物

诗，浓缩之物。体量小，空间大。

倘若想写出耐人寻味的诗，须倾力于选材的别致、思维的发散、细节的发现以及语言的琢磨。毕竟，诗有别裁，诗贵异质。于是，诗人眼里的事物，既日常，又非通俗意义上的日常。诗人应将关注点落在暗物质（日常事物内部的隐秘关系）、微事物以及人间弃物上，找准它们在消失处、阴影处、空白处所发出的微光。

"新湖畔"第3期同题诗，旨在让诗人用语言捕捉人间弃物的光芒。

诗人许春夏醉心于一片茶园。他写诗，讲究形式与内容的协奏。轻松的语调，亦是逛茶园的步调。"触摸""私奔""展望"，就是人入茶园后，情绪释放的情态。如果写得端正，就寡淡无味了。诗到第二节，情绪就更浓了，如饮一杯记忆浓茶，回味不尽。

卢山的《拔牙记》偏重隐喻。依我看，隐喻无须强解，只求知音会意。理解《拔牙记》，或许要把握它对废弃物的"强拆"的强悍态度，以及所传递出的对抗与爱憎。

诗人陈允东将目光投向一口古井。他是一位有叙述耐心的诗人。那口井，犹如每个人的记忆，历经风霜雨雪，"黑暗喂养"，终成枯涸的生命湖泊。似有，却空。

诗人叶心找准了时空坐标，用紧贴生活的语言诠释了博物馆里的陈列。辛波斯卡曾有一首名诗《博物馆》，谈及博物馆里的餐盘、婚戒、剑、扇子、陶器等器物，传达"因为永恒缺货／十万件古物在此聚合"的哲思。叶心的发现，与此同理。但他更注重弃物的思维修复。

王国维在《人间词话》中说："以我观物，故物皆着我之色彩"。时空于我们，前行即后退，履新即遗忘，生与死的对抗，时时刻刻，毫无间断。当我们把目光投向那些人间弃物、微事物、暗物质，也就豁然于心了。

4

冬日静寂，利于内心的狂欢

夜读贝尔特朗的《夜之加斯帕尔》。他说，艺术犹如一枚像章，总有正反两个方面。人何尝不是呢？评论他的人又说，雨果死了，万人空巷；贝尔特朗死了，一人追悼。这境遇如此不公。唉！

或许，以上只是些多余的话。又或许，我们只想追求某种极致，不甘于平庸，不入俗流而已。

"新湖畔"第4期同题很符合冬日意境——沉寂，或狂欢。我相信，对于冬眠的蛇来说，黑暗的土地多么丰腴啊！

在诸多来稿中，我还是把卢山的《腰间盘突出等问题》放在首位。这是首奇诗。奇在形式整齐；奇在文题不一；奇在动静制衡；奇在声色有无；奇在火花迸溅。

当内蒙古诗人斯豹发来组诗《蒙地寻踪：历史的沉寂与欢腾》时，我一度感到"沉寂，或狂欢"本应是一组诗的题目。不过，思前想后，我们的同主题诗作才是真正的组诗，而那些发在期刊上的组诗，常是用一个漂亮的句子组合了一些东拉西扯的诗。斯豹的组诗，包括《额尔古纳河》《肯特山》《伊金霍洛》三首。浓郁的草原风情，令活在江南的我心生向往；辽阔的草原与深邃的历史，究竟藏有多少欢腾的生命啊！

陈允东在"明珠广场"旁写生，用克制的情绪对抗喧嚣的广场；王雅梅在热情的向日葵里寻找生命的律动；我则去了一趟平湖的外蒲山，在那里，我沉寂，大海翻腾，而大海较之喧嚣的人世，又是何等静寂啊！

沉寂，或狂欢。不是选择，而是对抗统一。由此导致的分裂、变形、运动、清醒、脑壳疼……应是生命可贵的状态。

5
今我来思，雨雪霏霏

《世说新语》有《咏雪》。谢太傅寒雪日内集，与儿女讲论文义，说到白雪纷纷像什么，谢朗对以"撒盐空中"，谢道韫对以"柳絮因风起"。这事也可以说在讲审视事物，因人而异。

自古以来，雪为文人所爱。"大如席"的燕山雪，盈满想象；"梨花开"的权上雪，带来温暖；蓑笠翁垂钓的寒江雪，万千孤独。正印证了《诗经·采薇》中的句子——"今我来思，雨雪霏霏。"

戊戌大雪，浙江部分地区的第一场雪，应时而降。"新湖畔"以"大雪"为题，邀约诗人吟雪抒怀。

"雪"诗纷至。90后诗人敖运涛的《大雪》，热情奔放，有"虎狼之心"。"白狼"作为核心意象，独创、夺目。他的另一首诗《雪地，我在打陀螺》，织"生日""亲情""时光"为一张网，道出了"虎豹狼心"的由来——生活的锯齿一次次撕咬。落雪如盐，更是慰藉。诗人沈宏的《美丽的预言》较好地阐释了雪的两面，一面是"美丽的童话"，一面是"阴冷晦暗"。因为"冷寂"，所以"憧憬"，或许是咏雪的真相。

大雪落进西湖，也落在南湖。"新湖畔"诸友在主编许春夏的带领下，不顾行路艰难，驱车到东阳采风，受到原东阳市政协副主席、文联主席韦定民，东阳市书协主席陈金彪等人的热情欢迎。一行人参观了"北有故宫，南有肃雍"中说的卢宅肃雍堂，又在素雅的"静庐"中畅叙欢饮。虽然东阳只是细雨润湿，昏黄的天色，典雅的木雕，诸友平和的叙谈，也和"晚来天欲雪，能饮一杯无？"的意境。理想主义的雪，友谊之雪，文人相契的素雅之雪，下得纷纷扬扬。正如北鱼所言："请大雪进庐。一曲回风调／现代舞，将聚散抖落在杯中。"《新湖畔诗选》特邀副主编张世松有所感触，表示东阳福地，雪意盎然，真是不虚此行！

今年的雪，来得比往年要早一些。我相信，江南飘雪，迟早会再来。再会时，我们又将在哪里，又会有怎样的思绪呢？让我们各自期待雪的诗意吧！

6
你家附近有个什么湖

房地产开发商是顶聪明的。我家小区西南角原来很荒芜，有两个不大不小的池塘。我入住的时候，还去那里看过，感觉乏味。不过两月，我再去时，一个漂漂亮亮的人工湖惊现于眼前，名曰"姚家荡"。从此，我有了散步的好去处。

不知你家附近有湖否？有的话，在湖畔的诗意，应该可以共鸣吧！

我常以为，湖，是你我的心灵秘境。波平似镜的湖水，内藏激情。它倒映行云飞鸟，蓄风藏露；它入夜最快，又亮得最早；它与天空赤裸相见，与大地无缝相接；它呼唤着内心安静和亟须安静的人。

于是，在湖畔，有着潜在的普遍价值。"新湖畔"，看见华兹华斯、柯勒律治、梭罗、应修人、汪静之、潘漠华、冯雪峰……从湖畔经过，他们围湖夜话，向湖水讨要生命的价值。

在湖畔，诗歌不会断绝。诗人芦苇岸，写下《湖光》组诗，篇篇风格迥异，首首十八句，字字出智慧。一首《在湖畔》，缜密地阐释了真正的辽阔恰是"内心的小"；敖运涛的《在湖畔》，为纪念 1934 年 12 月 24 日牺牲的烈士潘漠华而作，冷峻刚毅；柳文龙的《坚硬的湖水》一诗，是内外对抗的结果，"小奴"不甘于"边缘化"，而发出了铿锵叩问；许春夏、卢山、卢艳艳三位诗人，以西湖为中心，物我观照，虚虚实实，"我们这些一闪而过的人，/ 正被小贩炒成一锅沙浪中的栗子"；正如陈健辉所说，"这是和湖山的约会"，为了写《在西南湖畔》，我披着夜色，潜入西南湖畔，四下阒然无人，乍见月色迷离、丛林静谧，林中空地犹如一张水牛皮，也真是无他了；王雅梅、胡游的诗歌，拓宽了"湖山精神"，分别从千岛湖、梅溪湖中"打捞"出世人的心事。

在后工业时代里，在湖畔，是找回尊严的好办法之一。

7

我爱这最后的夜晚

按法定假期，今天是大多数人 2019 年上班的第一天。而我因为单位错时放假，得以偷闲一日。看了三部电影，嗑了半斤瓜子，写了 2019 年第一首诗《线段，或框内取景》。

日子，并未有太多的不同，所谓特殊，来自人为设定。元旦也是如此。人总是对未到来的时光感到陌生和新奇，憧憬一些美好的相遇，对于已逝的时光，则感叹其飞逝无踪。或许正因如此，设定了一些节日，让大家掌控生命的节奏。元旦，世界多数国家公认的"新年"，是公历年的第一天。元，即"始"，旦，即"日"，意味着新的开始。

对于个人，元旦由时间、空间和身体构成。2018 年元旦，2019 年元旦，或者第 N 年的元旦，必须有人的参与。而时光中的本体"是不是同一个？无数个"（敖运涛）；在每一个节点，我们必须问"顺流而下还是逆流而上"（卢山）；而逝者如斯，"河水／并没有停止它的脚步"（李景中）。

或许因为太忙，本次同题稿量较小。我只能拿 2018 年元旦所作的《荒木经惟的街角》充数。我自己很喜欢这首伤感的诗，一年过了，那些忧伤的句子，还在心间。"这些离爱越来越远的街角挤满了人"（尤佑），"我们的蜜月是一次死亡之旅"（荒木经惟）。生活的确如此，年年，天天，时时，那么真切，在我们面前散发着荷尔蒙气息。我甚至偏爱那些有身体意识的诗。

2019 年元旦，写《线段，或框内取景》时，我真切地感到：我在为自己划定的线段上行走，走一程，望一程；我在自己的视野内生活，爱着我爱的人。因为他们，我多了好多愿望。

2019 年，祝福"新湖畔"，祝福所有人，努力奔跑，奋力逐梦。

8

当我们的心柔软时，诗就立体了

从伊丽莎白·毕肖普的《地图》中，我隐约发现诗、身体、地图的内在联系。她写道："地形学不会偏袒；北方和西方一样近。/ 比历史学家更精微的，是地图绘制者的色彩。"诗人写诗，又何尝不是用词语绘制更精微的生命地图呢？且诗意的传达，有可能超越时空，达到某种意义上的永恒。

就现实诗意来说，人的身体就是立体的活地图。较之于平面的生活，诗人力求写出的生命体验更令人期待。毕竟，平面是死寂的，立体是生动的。即使技术一派会说，卫星地图总是立体的吧，它指明方向、安排路线、定位追踪，无往不至……但卫星地图也不具有生命个体的感知。

"新湖畔"同题第8期所选的六首诗歌，就是六位诗人生命意识的某个侧影，或者说，地图就是主体"我"。

余退的《旧地图》，写出了人们见到地图的"下意识"——找寻出生地。"不知道它们在或不在——那空洞之响"，指着地图某处，打开记忆闸门，回响或轻或重。沙之塔的《情感地图》，是欲念驰骋的疆域。曾经的饱满的欲望，随山脉潜入幽谷；退守的中年似镜湖，繁华倒映其中。时间教会我们：硬时光，会变软。

卢山的《履历表》，无疑是最佳审题。"履历表"作为一个鲜活可感的意象，不仅将"地图"与个体生命结合，而且规避了"地图"带来的固化情境。让"地图"进入现代生活。同时，卢山这份"履历表",既是他个人的经验,也是当下中国数以百万计的异乡人灵魂返乡的真实写照,此之谓"迁徙中写就的原地之诗"。与之相对的是叶心的《地图总是安静的》,这是一首"在原地写就的迁徙之诗"。叶心开篇就说:"走过的地方 / 它们在地图上衡量我。"将"地图"和诗思结合,诗人的思绪沿着"高速公路"做物理学的巡游,"旅人"旅迹、灾区等记忆深刻之地,萦绕脑海。仿似人立在地图前,思想却在四处迁徙。

苏建平的《地图:冷叙述》,通过词与词的碰撞,产生诗意的扩展。他进一步强化了"地图"就是"我",是"我"的肉身,是"我"的主体意识,且有"日月之行,若出其中;星汉灿烂,若出其里"的磅礴之气。而"冷叙述"恰是雄辩哲思。

许春夏的《地图》是一首柔软之诗。诗歌具备了柔软的品质,平添了以少胜多的艺术魅力。米沃什的《礼物》、沃伦的《世事沧桑话鸣鸟》、弗罗斯特的《牧场》、勃莱的《午后降雪》,都是柔软之诗。许春夏写诗,"素手拈花,好似故人来"——"打开一张地图 / 我想起了安排我的后世"。"地图"就像是精确的人生计划,关键在于你对生命的领悟。诗人回顾前半生,"那么多恩怨它没有撑破",尔后"胸中那吨炸药褪尽烈性",仿似让人读到"起身看时,大海碧蓝,帆影重重"。

平面的地图,因有了时空坐标而变得立体,更因融入看图人的主观意识而变得柔软多情。我多么希望,热烈而蓬勃的心能在历尽世事沧桑后进入柔软。那时,你会发现:柔软是词与词的共生、对谈,亦是诗意与人生的水乳交融。

9

年欢庆，兽孤独

我曾听好多人说，在异乡过年，没意思。他们还列举了好多场景——路上的车少了、早餐店不开门、夜间小区内寂寥无人……大意是太冷清、太闲散。

国人爱过春节，图个热闹喜庆。迎春接福、走亲访友、吃肉喝酒、聊天吹牛，好不乐呵。

我想起爸爸讲的除夕的故事。年是神仙，夕是猛兽。年和人们齐心协力，敲锣打鼓，驱赶夕。年如此受欢迎，那夕又该多么孤独啊！（当然，关于年和夕是什么，有很多不同版本。）

我们"新湖畔"第9期同题是"春节"，祈福迎春，一凑热闹。

以薇，笔名"珈蓝"，浦江80后诗人。她的语感蛮好。《爆竹的美声中，我听见人生的年轮做着四则运算》一诗，题目即意指。对语言的想象与概括构成了年味的多重解读——新与旧、喜与悲、清醒与幻觉、火热与冷寂……

双木的《归乡书》畅想回到故乡的和乐时光——"在云里睡觉，与自己和解。"

许春夏总结过去、清算自我、谋划未来——"无论忆想超重，或东风消亡，/都可以当作品捶读。"

苏建平的《第四十八个春节》有自嘲版、沉思版、抒情版，将一个诗人的春节日常描绘得诙谐且真实。诗人从喜、悲、空三个向度，呈现了关于春节的多重思考。

王雅梅的《春节》清纯、雅致，有暗香，有童诗的味道；李以纯的《春节》赤诚、火热，有回声，像炮仗，不平则鸣；宋斐的《除夕》，解构"今夜"，诗意蓬勃。

感谢以上诗友对"新湖畔"同题的支持。祝福所有人：新春大吉，诸事顺利！

10
画　像

江南的雨，没完没了。一条街、一幢楼、某个人，都穿上了灰色外衣，裹得严严实实，都有一颗湿漉漉的心和一双迷离的眼。想到往后的那些春花，也这么颓废，我心沉郁，不愿意看周边的人、事、物。

也不一定是想要放晴。放晴了，又能怎样呢？

我常常在诗中找自己的画像。正如奥丁所说：

> 荒原上站着一棵冷杉
>
> 没有树叶　也没有森林
>
> 像是世界中央的那位孤家寡人
>
> 这就是人的命运
>
> 后归于尘土
>
> ……

我从不装孤独，也从不装崇高。甚至，要是有人瞧得起我，我会高兴那么一阵子。

起初，我也看人——高矮胖瘦，也看他们的表情——喜怒哀乐惧。但看久了，就发现我丢失了自己。

然后，我们一起看山水，读诗歌。看山是山，看水是水，看诗像诗的模样。

事实上，世界上不存在……

世界上不存在两片完全相同的叶子。诗的样子，就是人；人的样子，就是生活。于是乎，以"肖像"为主题的诗，存在于个体。

略举一二：行安的《雨天的人像》，阴郁，却带着金属质感，有警醒的力量。卢山为同题写了两首，1月作《人间》，2月写《种牙术》。为"人间"画像：芸芸众生，各占其位。神是雨水，眷顾人间。为"自己"画像："让他一生敢于啃生活的硬骨头"，不卑不亢，诗如其人。

以薇端坐镜前，在词语中照出暗影。黑暗消融于黑暗，诗人窥镜，照出的远不止自己。

雅梅与镜中的自己对视，看出表象与内在的错位，令人心悸。

我自己呢？实在是没有语言天赋，只能写一写笨拙的诗。《大扫除》，就是我的劳动过程。可以断言，那些不劳动的"云端人"，即使天赋异禀，也写不好诗。没有切身体验，诗就只剩下学舌传声和堆砌辞藻了。

有时，我又觉得自己俗世牵绊太多，虽勤，难静。

倘若哪天，我真能站成荒原上的一棵冷杉，该有多好！

11
有些词语，自带诗意

出于人类对浪漫精神的诉求，有些词语，自带诗意。诗人作诗，只要不愧对这些词语就好。"惊蛰"一词，就值得我们坐在它的对面，审视它，为它写诗。

仍记得反复聆听《东邪西毒》——"初六日，惊蛰"。故事开始了。东风解冻、春雷惊动、泥土醒来、暗潮涌动，我隔着五层楼板和厚积的陈年往事，仍闻到泥土的膻腥。

对，这就是"惊蛰"。所有蛰伏的事物，都蠢蠢欲动。于是，我们写诗，只需要静观自然或内心，让它告诉你词的走向。

读"新湖畔"同题第11期来稿，我内心惊动——

惊动于"保俶塔从唐朝脱落一枚松果"；

惊动于记忆自然而然"落入Sara惊悸的落枕时分"；

惊动于"生命为亮色穿行其中"；

惊动于"一万匹骏马在汹涌的河流之上飞奔"；

惊动于"端了把猎枪。血腥，时刻等待着"；

惊动于"稠密的银丝网罗住花伞小小的心事"；

惊动于"一台戏迭起波澜"；

惊动于"牵一条气势哄哄的洪流"。

这些不流俗的变奏，复原了"惊蛰"的部分诗意，其意味远不止于"节气"。

且看词语碰撞、悖逆、交织、融合——诗意自呈，其乐陶陶。

12
为什么要说出它的"残忍"

2019 年 3 月的最后一夜，春风沉醉。我骑电动车下班回家。

我耐不住它的慢，就到修理铺去。修车期间，我与修车小伙、外卖小哥聊得很深入。

三个陌生人，由车速扯到四川、西藏、深圳等地，隐约可知各自的履历。生活多艰，拼命苦干，难说春意美好。他们说，不冷不热的三四月，正是外卖和修理行业的淡季。

那恰是人的旺季。赏花怡情，大谈生命、自然与爱，只不过是人们膨胀的俗世精神。

至少，对于我来说，人世间的美好，正消磨着内心的诗意。

走在河畔的清风里，我感到一股潜在的激流在涌动，并难以止渴。

现代诗意从春天里拔节生长，决不允许附和或交融。与自然花草映衬的诗情画意，是一定程度的视而不见。

双木意识到：即便是，世界那么凶猛，我们也潦倒在芳草之间。

宋小铭则"在一口枯井里，磨墨，书写乾坤"，悟出了"生长"与"亡失"的联动关系。

以薇的两首诗，保持着较好的语言质感。似以"飞虫"的眼光，审视跃动且润湿的 4 月。

艾略特说的"四月是最残忍的一个月"，已成咒语。这是一个可解的诗性谜题。

卢山质询——"四月是残忍的季节？"他以诗作答："诗人

要坠入地狱。"

建辉以诗缅怀祖父——那些亡失的人已然融入大地。

谢健健的"我本无颜女，奈何妆容满面"，言明了春之殇在于世人的主观臆断。

闫文良写了《河边柳》；柳边河写了《四月有伤》。它们的立意皆指向春的背面。

面对 4 月，花一般的杨黎姿祈愿邂逅美好，而多数诗人选择说出它的残忍，为何？

皆因诗人要保持思想的锐利，必须与俗世精神相抗，不可沉浸于春风过久。

一旦沉迷，桃花是泥沼，孩子是春枝，一茬又一茬的欲念，此生彼长，难以穷尽。

13
一种主张：诗歌的血不会冷

一百余年前，"五四"新文化运动，闪耀着中华民族的智慧之光。

青年人走在前列，他们以热血反对帝国主义的侵略和封建主义的愚昧。

打开民智，追求知识与自由，这条路，何其漫长。

青年人之所以重要，在于其可塑性。向内是个体生命，向外是人类社会。

我们唯有保持锐利，坚持主张，并付诸行动，让青春和诗歌的血不冷却。

"新湖畔"同题第 13 期的主题是"青年成长记"。选择"五四"百年纪念日发出。

意味着向虚拟的、冗杂的、裹挟的现实发出挑战。

存活于诗歌与生命的"逆"因子，正在拷问、探寻生命的真正意义和价值。

我们恰恰需要一场语言风暴，对青春记忆、社会现实做一次形而上的思索。

14
岛屿边缘

一直以来，我非常喜欢凤凰读书制作的《春天读诗》，像追剧一样迷它。

显然，不是诗人及作品的名气大，而是《春天读诗》的形式，恰到好处地将当代汉诗的"听觉"与"视觉"完美融合——读诗自由、光影唯美。2016 年的主题是"岛屿写作"，片子的末尾，台湾诗人、翻译家陈黎朗诵《岛屿边缘》。

"新湖畔"同题第 14 期的主题是"海岸线"，它内藏诗意，就如内含剑气的侠客。

纪伯伦曾把海浪和海岸比喻成一对情侣。那永恒的潮汐，召唤诗人的激情。

敖运涛、以薇、尤佑三个人的诗有相似点，即对"海岸线"进行解构：形似雪、绳、刀，兼有博弈、对抗、相契、妥协的写意。

4 月中旬，"中国诗歌之岛·海岸线青年诗会"在洞头举行。西渡、麦豆、卢山、双木、余退、沙之塔、谢健健等诗人齐聚岛屿边缘，面朝大海，吟诵诗作。卢山的《海上所见》，渗入词语的内部，提纯了俗世表达，直取本质，譬如"礁石的咸度""大海的背鳍"等，超乎物外，限于情理；余退和沙之塔，显然是更懂大海的人，他们写"海岸线"，就像是渔民织网、船夫打鱼一般，"那些肉眼不可见的盐"就像大海的脾性，只有临海而居的人才会真正懂得，而那份"蓝色粉末"则是他们引以为傲的良药，又或是祖祖辈辈遗留的心事。

15
南有麦田，北有麦地

"新湖畔"同题第 15 期的主题是"麦地"，取自海子的《五月的麦地》。

麦子或麦地的意象，在海子的诗歌中反复出现。有人指出，此意象源自海子的基督教信仰。

《出埃及记》第 34 章中耶和华对摩西说："在收割初熟麦子的时候，要守七七节。又在年底，要守收藏节。"

《马太福音》第 12 章说："那时，耶稣在安息日从麦地经过。"

《约翰福音》第 12 章中耶稣对门徒说："我实实在在地告诉你们：一粒麦子不落在地里死了，仍旧是一粒；若是死了，就结出许多子粒来。"

从来稿看，很有意思。江南人多说"麦田"，多些青葱，少些苍凉；北方人多说"麦地"，成熟时节，金黄累累，芒刺针针。真可谓"小麦青青大麦黄，护田沙径绕羊肠"。每一个句子，都通向诗人内心。

总的来说，"麦田"或"麦地"，成为我们的精神家园。它象征着我们的锋芒、记忆、物质的渴望，以及重生的希望。于是，请让麦子继续生长在诗歌的田野上，并期待它青了又黄，黄了再青。

16
诗歌的胃

艺术家们：

你们好！

在货币时代，我们的胃越来越挑剔。这个时代更有离奇之美，专门满足我们的欲望。以至于我们的身体急剧衰老了。

那么，我们的精神呢，会不会越饮越渴乃至成瘾呢？我想，真正能忍受饥饿的艺术家，少之又少。

为此，我们向艺术家们发出实施强胃工程的倡议：

1. 空乏、胃酸、胃痛、胃胀，请用"诗达舒"。

2. 为适应时代，我们必须拥有一颗现代性的"胃"，百毒难侵、坚不可腐。

3. 我们需要吃下一些坚硬之物，以增强"胃动力"。

4. 我们需要向灵魂交出"胃"，以使"日月之行，若出其中；

星汉灿烂，若出其里"。

5. 关注底层，保持悲悯。再高贵的人，吃着山珍海味时，也会想到猪鸭牛羊、飞禽走兽和屠夫。我们尽可能吃得粗糙一些，保持身体行于人世。

6. 最后，我们换"胃"思考，需要一点娱乐精神。诗歌亦是如此。比如："诗歌"与"胃"有什么关系呢？难说啊。只有玩转词语、技术、思想，才会有更强的"胃动力"。

尤佑

2019 年 7 月 13 日

17
为一块空旷之地写诗

十五年前的仲夏，我大学毕业在即，为暗恋多年的女生写了一篇短文，核心是一个梦。梦中，我在学校操场上晨练，追着体香袅袅的白衣女子，直到她翩然飞去。醒来，遗憾。毕竟，我连她的手都还没有牵过。

为何想起此事？算是自然流露吧。十多年前的事，再次提起，像是打开了一扇门，为我的青春荒漠投下一丝亮光。

同时，我也注意到，一个人置身某块空地时，容易生发联想。比如，我非常喜欢芦苇岸创作于 2013 年冬月的《跑圈儿》，这是一首真正意义上的"元诗"。其诗意的生发和词语的使用，都由情感驱动，达成负重而不弃的生命共识。

就迁移空间感来说，"操场"为我们提供了一个诗意的平台。北鱼的《天体运动》是一首特别立体的诗。"引力"是隐形之存在，"环绕"是可感的平面运动。人关于生命的概念，始于时间的循环往复。为了辨明方向与节点，我们为自己定下了坐标。北鱼将人体与天体、操场与生命周期（宇宙）相类比，以我观物，小大相通。

当然，操场也可以成为一个事件，毕竟泥土之下有深渊，也有地狱呢。无论是青春怀旧，还是现实生发，"操场"作为集体记忆，给了我们归属感。这正是我们"为一块空旷之地写诗"的意义所在。

18
我们何其类似，又何等不同

"新湖畔"同题，已历十七期。《新湖畔诗选（三）：万物都是亲人》已由九州出版社出版。该书第七辑"湖畔同题"，收录了宋斐、哑城、叶心、斯豹、沈宏、柳文龙、陈健辉、苏建平的作品。

在此，感谢各位对"新湖畔"诗选的支持。

同时，也希望"新湖畔"同题能为诗选贡献更多的好诗。诗人，是个性的，所以部分诗人反对同题。

我一直以为，诗歌不必端，不必炫，更不必成功。只要自己的生活让诗歌还活着就行。

本期"新湖畔"同题是"打开"，来稿甚稀，但还是可圈可点。

北鱼、余退、卢山和我的诗，自然生成性的东西很多。北鱼的"天池之行"甚愉悦，与天神、仙女共饮天河之水。余退的《灵魂歌手》一诗中的"孩子"，因过分紧张，而登场失声，似乎打开了"灵魂"通道。

2019 年 7 月 1 日，卢山喜得千金，哺育新生儿，幸福、辛苦交集，不言而喻，他于换尿不湿中体会诗歌之道，写下"我愿意用我写诗的双手 / 为她创造一个清白的人生"。卢山的诗艺日益精湛，诸如《喊疼》《种牙术》等诗，色正品优。

我也不要脸地讲几句关于《入瓮》的闲话。主题为"打开"，我却不知趣地取题为"入瓮"，何故？实在是 9 月初的生活对我挤压太甚。连绵不断的秋雨，越下越闷，江南真是"够湿的"，我就假装自己是个披着"蛙皮"的"湿人"，自嘲着。有时，我需要把自己装进瓮中，成为"池中物"，然后，打开向内的通道。

以薇、闫文良等人也打开了心灵通道，进入诗意生活的内部。

写下以上闲言碎语，我脑海中冒出一句"结案陈词"：我们何其类似，又何等不同。"新湖畔"同题，不就是如此吗？

19
为什么很少出现"科幻诗"

本期同题写的是"未来的一天"。起先，我在想：会不会有"科幻诗"出现呢？

我自己动笔写了，以失败告终。

"未来的一天"，可以是2099乃至3099年的某天。当我肉身毁灭后，世界会是怎样？

后来，我有点明白了。

诗人的求真意志和诗歌突破时空界限的特质，共同将诗歌留在可探区域。诗歌本身的神秘性，在语言和思想层面。

回过头看，"未来的一天"的同题作者，更多关注人的精神世界。

在《跨上尚未出生的鹿》中，余退捕捉"未来"，"尚未出生"点出"未来"，而"鹿"则是轻盈灵动的生命体；缪士立畅想"未来"的"豁达"，米沃什和叶芝的追求；卢山的《未来的一天》，坚硬而苍凉；冀北则写出了死亡对生者的胁迫；北鱼的《夜袭湖州街》直入情境，"夜袭"一词，令我期待对时空的强势突破，但诗人还是回到了可靠的现实；张占平借诗回归自然澄明之境；《梦游》和《人间之药》是我在浩瀚的10月星空下写下的即兴之作，为我近期所思；柳边河的散文诗《未来的一天》，很别致，近乎拆字游戏。

此刻，我对"科幻诗"仍抱有期待。兴许某天某人能写出超越现实、超越生命的诗歌。

20

删除诗，余下人

近来，越发觉得世风功利，不少人处世以"有用"为准绳。心灵至交，应是平静如水的。

无奈我们已养成了势利的恶习，轻薄浮躁，不知高处涉险。

略举一例，以表我之悔意。

上周末，我将最后的、最美的深秋时光投入工作，本以为功德圆满，谁知黄昏时分经过狭长而黑暗的楼道时，我一脚踩空，右脚韧带严重拉伤。

拄着拐杖上班，艰辛备尝。我多么希望能删除自己那一瞬的"趾高气扬"啊！

切回正题——"新湖畔"第20期同题是"删除"，由卢山兄命制。

人生何处不删除呢？遗忘、矫正、忏悔、清零等，都带有删除的况味。

1999年出生的江巡，现在读大二，其《秋歌》言失恋而不哀伤，"除掉那些血肉痛苦"，令我想起夸西莫多的名句——"我的血肉之躯／或许竟是恶的馈赠。"

金祥的《陌生人的事实》，怀念已故的母亲，"倾其一生，遗忘人间"，至哀而明理。

缪立士的《删除》，分两节，"诗人"，把"诗"删除，余"人"。

我常在纸上写诗，比如《恢复出厂设置》《毁了，我的桐子油》，都写在办公废纸的背面。写完之后，我反复删除语言泡沫，删出诗味。

21

洗尽古今人不倦，唯有酽茶酬知音

元稹写有一首关于茶的宝塔诗，叫《一字至七字诗·茶》很有意思：

茶。

香叶，嫩芽。

慕诗客，爱僧家。

碾雕白玉，罗织红纱。

铫煎黄蕊色，碗转曲尘花。

夜后邀陪明月，晨前命对朝霞。

洗尽古今人不倦，将知醉后岂堪夸。

这首诗的好玩之处在形式。一字句至七字句叠成宝塔形状，两句为一韵。内容上，从茶的物理形态写起，写到爱茶人、茶具、茶汤、饮茶的心境、饮茶的作用，层次分明，且余味悠长。同时，此诗又是一首劝慰友人之诗。元稹和白居易是唐代诗人中的"口语诗人"，他们的诗歌语言贴近日常。据说，白居易以《诗》赠元稹，元稹则以"茶"诗酬乐天。故此诗又是元白之谊的一个见证。

与之相似，"新湖畔"第 21 期同题，也有以茶酬知音的味道。

留学英国的诗人萧楚天发来一首《茶客》。诗中说："一种比记忆更早的血 / 或语言褪尽文字"。该句道出了茶的历史。诗关旧物、故乡、血脉。起句有如神来之笔，于本体外，于情理和想象中。雄奇的开头之后，进入了乡愁的内部。

小末的《将饮茶》，题目戏仿《将进酒》。诗人擅长以简笔绘大境，以日常写人生。她将"蜷曲的茶"与"疲倦的身体"类比，以茶味释解烟火。

从语言上说，以薇的两首《茶》，一奔放，一内敛。她用了"杯中窥人"的写法，将死生之痛融入茶盏之中。

卢山的《湖畔即景》，写中年领悟。从《三十岁》中走出的卢山，在"宝石山抒怀"的道路上积极探索，力图平衡现代生活中的人与自然的关系。他有鲜明的诗学主张。

李雨纯的《茶》，延续了汉诗讥刺的传统。他切入的角度是"茶为人用"，不满的是"茶尽人用"。

2019年即将过去，时光如茶浓酽，让人念着苦尽甘来。

那就来吧，共饮一杯。

22
众生的黄昏

读了这一期同题诗来稿，我暗喜：2020年，果然不一样。

太稀罕了。我把这些诗歌打印出来。

黄昏时，怀揣诗稿，去河边读。词语的精灵，紧贴心房，像"暖宝宝"，颇能御寒。不错，诗歌唤醒了我的身体。

我读着以薇的句子——"黄昏沦陷万物"。最后暗下来的是去往远方的河流，我仿佛看见她明晃晃的，浮在苍茫的暮色中。

以前觉得同题不好写，编了二十多期"湖畔同题"之后，我发现同题诗的真正意义在于"同题本无诗，以众生诗写为其诗"。无形之中，意料之外，某些主题被打开。此外，写同题也增进了诗人间的交流和情谊。

本期同题取自德里克·沃尔科特的散文集《黄昏的诉说》。读沃尔科特，我觉得他的作品符合东方审美，浩瀚且细腻。我甚至觉得，他完美地阐释了文学的终极追求就是诗性这一主题。

或许是这个题目本身就是诗，诗人们写起来很顺。

临近退休的许老师，以诗证实：拥有诗歌的退休生活即为幸福生活。他视万物为亲人，融天地于一心。

80后女诗人以薇真是太棒了。她在抽象与具象间自如腾挪，她是语言的工程师。穷极虚无，贴地而行，词语游移，却每每中的。《无量黄昏》是真诗，亦是"人"的诗。她的《黄昏之后》，则将技术与艺术融合。"你的孤独，并不为谁所知。"——这是黑暗生出的尤物。

司徒无名的《隐士》和卢山的《黄昏的故乡才是真正的故乡》让我想起童年往事。我有过在暮色中盼父母归家的孤独：望着远山一点一点暗下去，星空亮起，群山如兽，蜿蜒奔跑。司徒和卢山的诗，写出了山村黄昏的静默与深沉。

李雨纯的《黄昏的诉说》，以父之名，阐释人生经验。"一枚铜钱"的方正与圆融，是父亲用一生领悟到的至理。

丁笑枫为黄昏着色，试图调动所有感官，写出那一刹那的思想之光。

涩萝蔓的《将雨之夜》也是一首好诗。她的美学追求比较古典，但并不架空。我喜欢她排布语言的耐心，仿似撩开黄昏帷幔的处子。

缪立士以《黄昏的诉说——致 LS》，呼应了卢山的诗集《三十岁》。写诗以对抗庸碌，正如曼德尔施塔姆的名句："而黄金在天空舞蹈，——命令我放声高歌。"

23
林中多歧路，而殊途同归

借"林中"一题，探讨一下"存在"。存在，是最基本的命题，却不是最清晰的命题。

夜晚，我在床上冥想。木床，木从森林走来。森林有灵魂，它封闭又开阔、宁静且幽暗。树木被人类加工，变成床或其他家具。它会不会残留森林的梦呢？而我年幼时是长在匡庐林中的一棵矮松，现在，我离植物的属性越来越远。在水泥森林中，我是被加工的产品，是城市的傀儡。

读了第 25 期"新湖畔"同题，我回到一种混沌状态，不辨物我。

江非的《未达之地》写"离人不远，但人迹罕至"的森林，森林隐喻灵府。此诗与弗罗斯特的《未选择的路》气质相似，富于哲思。诗人又将"结庐在人境，而无车马喧"的意境融入"将至未至"的时空。

李平的《林子》发表于《扬子江诗刊》2020 年第 2 期，同时刊发的还有《发呆》和《登高阳山》，三首诗都有自然主义倾向。但我偏爱《林子》，该诗富于跳跃性，把林子与人密切结合，呈现了生命的原始状态。

宋小铭是湖北人，客居嘉兴。一年前，他写了一首《四月》，参与同题，我很喜欢。前些时日，为嘉兴80后、90后诗人特展约稿，我与他再次联系，得以读到他的《深夜》《空房子》和《春日》。我觉得他的诗打破了抒情与叙事的壁垒。《林中》古韵十足，可他显然又不满足于抒情，于是在其中加入叙事，以彰显诗与生活的联系。

叶心的《林中谈话》角度独特，层次分明。苍茫山色、湖水、大雾、白鹭、采茶人浑然一体。"昨晚的谈话找不到证据 / 双方消失在 / 各自的语义中"这一句，紧扣"谈话"。该诗道出了遮蔽与显现的奥秘。

魏天润的《晨读》紧贴生活，将诗人在林中晨读时的见闻真实再现。

李雨纯的《林中》共两节，句子相同，顺序颠倒，构成回环，写出个体被遮蔽的无奈。

丁笑枫的《林中》起始就有惊人句。"雨，下了整整半年"——这可能吗？或许，这就是诗，以不可能去召唤可能，以冰冷的存在去呼唤"心中的太阳"。

海德格尔在《林中路》中写道：

> 林乃树林的古名。林中有路。这些路多半突然断绝在杳无人迹处。
>
> 这些路叫做林中路。

每条路各自延展，但却在同一林中。常常看来仿佛彼此相类。然而只是看来仿佛如此而已。

林业工和护林人识得这些路。他们懂得什么叫做在林中路上。

林中多歧路，而殊途同归。

24
火焰诗，文明史

火焰诗是文明史。

我看见灶中的火，这些红色的舌头，将食物舔熟，将生涩的往事煮熟。然后，我把它们盛在碗碟里，用以果腹和分享。

在乡间，火焚烧秸秆、草根，帮它们完成一个又一个轮回。它也成就凤凰的涅槃。

我在城市里生活。我常在深夜醒来，感觉身体是黑暗里的一簇火苗，这世间最明亮的事物，近乎洁癖地保持着与他物的距离。

每个人都拥有自己的火焰。或许，它的力量不亚于氢氧焰。

我们在编选同题诗作时，向来不看简介、照片，只为再次确认"新湖畔"同题不慕名、只为诗。我们还格外看重诗歌爱好者的诚意之作。不开玩笑，你可以用多个笔名投稿。

赵茂宇、彭澍、杨未央的小诗皆有一定水准。

赵茂宇的《篝火宴》讲述一位外出打工者返乡，与亲人围坐篝火旁，众人羡慕他，而他知道"火堆里的骨头，足够烧到天亮"。

彭澍的《不死的火焰》是日常之思。"行道树"喻指被俗世侵染的心灵，而诗人则像风，翻滚着火焰。

杨未央的《未知即永恒》是一首普希金式哲理诗。第一节阐释"不死"，他将冷、热对立统一；第二节重点写"火焰"——当孔明灯飞出视线，"无人敢判定一朵火焰的死亡"。

北鱼属于"逆商"诗人，他的诗往往诗外曲致。近期他诗情大发，创作量惊人。这首《不死的火焰》是其再次燃起诗情的宣言。

卢山的《庚子年春，梦回临安——寄飞廉兄》应了"昨日爱诗如命的翩翩少年已然中年大叔臃肿之态，成为生活层峦叠嶂中的夹心饼干，但依然没有熄灭内心燃烧的诗歌火把"那句话。这位视诗歌为家产的诗人，体内藏着猛虎。此诗借古讽今，暗含他对诗艺的主张。

丁笑枫是女孩吗？我不知道。我只知道她（他）是李雨纯的朋友。其诗语势纵横奔放。

25
为弥补纯真而作

少女，是一个独特的群体。我们这期同题"少女"与一周前磨铁读书会撞题了。这是个巧遇。

我读了周瑟瑟、杨黎、沈浩波、乌青、伊沙的少女诗，再读本期"新湖畔"同题，不禁对诗歌的智性与理性做了一番思考。

口语诗偏智性，倾向于主观审视。本期同题诗作较为理性，偏隐喻。

被现代化生活带偏的诗人丢失了叙事、抒情的耐心，更爱一惊一乍，更爱抖包袱，语言的磁力大不如从前。

回到"少女"。那日，我翻看黄灿然的《奇迹集》，读到《纯真》一首：

> 她们俩玩得多开心。对方唇边一点儿汽水泡，
>
> 脸上一绺被海风吹乱的头发，
>
> 衣服上一个污点，都会引起另一方注意，
>
> 然后彼此大笑一通。一个大人，
>
> 要花多少时间和积聚多少智慧
>
> 才能再接近、才能再回到
>
> 这样纯真的状态。

确如黄灿然所说，"一个大人"很难"再接近、再回到"纯真。

我们的"少女"，是为了弥补纯真。

萧楚天把"少女心"藏在旧书里，"这旧书被时间重新写了一遍"，"旧书"就是"少女"的精神家园。

大澍笔下的"少女"遇到了"渣男"。大澍有意将"渣男"与"少女"对立，以突出悲剧效果。

宋斐说得好，"少女，像一首未完成的诗"，或者说，"少女"是一个未完成的词。一旦她意识到自己的"少女"身份，也

就失去了这一身份。"少女"是献出纯真，还是被剥夺纯真，是个值得思考的问题。

李雨纯用"对话"释疑。"这扇门后面没有善良，没有怜悯，痛就是痛，苦就是苦，死了便是死了。""这扇门"让我想起成人礼，成长意味着失去，也意味着获得。

卢山的《少女颂》自冗杂的世事抬头，望见湖畔"少女"，如清风明月慰藉心灵。

北鱼曾为 Z 少女赋诗几首，而今他的《少女小满》将节气与人结合，天人合一，气韵贯通。

《鹿饮溪》题目取自梅尧臣的"霜落熊升树，林空鹿饮溪"（《鲁山山行》）。我想，"少女"的存在亦必有相应的意境。

26
赞美突然决了堤

朱朱属沉潜型诗人。他与韩东、于坚等人一道出名，位列《他们》诗群。但他一直隐匿在浮躁诗坛背后，用贴近现代生活的语言"回到诗歌本身"。近日，我读朱朱的诗集《五大道的冬天》，有些浅悟。

从选材来看，朱朱的诗歌说不上前卫，甚至是"先锋的退守"。他常重构历史，以现代精神审视虚无情境，如《我想起这是纳兰容若的城市》《在沙洲》《清河县Ⅱ》等。

相较之下，我更喜爱朱朱所写的日常短歌，譬如《暝楼》。《暝楼》有两个维度：一为现实生活，即诗人张枣生前于楼内留下的痕迹，如"玻璃门上的指纹""过道上的脚步声""电梯里摇晃的身影"，以俗见真；二为死亡哲学，悼词必然是"赞美突然决了堤"，但回溯诗人的一生，与"自我""同类""敌人"的拉锯战无时不有，苦楚不言而喻。诗人用"锯子仿佛正沿着墨线撤回"道出生之不易，与"喝醉的暝色"互为参照。

朱朱擅长捕捉日常生活的细节。那些看似毫无诗意的琐屑，恰恰是诗在场之明证。而朱朱又不止于此，他多维地揭示生活本质的诗意，让读者见到不寻常的风景。

27

上山之梦

金华浦江，万年劲风吹拂山冈。这埋葬数万代尘埃与骨骸的地方，河流依旧闪光。故而上山的风就是不折不扣的时间之梦。

诗人卢山抵达浦江，看到上山遗址挖掘出的陶器，思接千载。他在文字的岩层里构想先民生活，或是营造一种万物有灵的境界。

卢山《上山之梦》展示出细节再现和语言运用之力。尤其是动词的运用，让画面冲破了二维，"推开""醒来""梦见""脱落""拔节""跳起"……一万年前的事物，自诗中走来。这不仅是先民驯服动物、石器、河流的重现，更是人类自我驯服的写意。

如果说诗的第一节刻画了细节，第二节则转向写意。平缓的河流，不仅是自然之河，更是生命之河、时光之河。在"石头与石头的撞击声中"，先民的舞蹈与彩陶上的"太阳纹"重叠，妙笔缝合了词语的缝隙。

纵然劲风销蚀万物，仍有河流与星辰见证永恒。

28
云的轻

北鱼的诗有智性，符合汉语表达"意内而言外"的特质。他总能给人惊喜。在云上生活，会有什么感觉？常规思维会把"云上"理解为"天堂"。北鱼的《云的轻》则回归平流层的白云。搭乘飞机，于舷窗向外望，诗人见到的白云与天光具象、融情。诗的前半写自己观看机翼"白云"，静中有动；随时间流逝，夜色从"白云"中分离出来，进而吞噬飞机，裹挟诗人的思绪。诗人将飞机想象成一块石头，衬出情绪之重，与"云的轻"互为观照。整首诗似乎是语言的跷跷板，由轻入重，由虚入实，由想象云端栖停于人间热土。

29
《唐朝来信》暗藏了什么？

我对河南文学有个粗浅的认知：较之路遥、陈忠实、贾平凹等陕西作家，刘庆邦、阎连科、刘震云、李洱等河南作家，其作品超越了乡土现实，更接近中国源远流长的现实主义传统。诗人中，汪漫、谷禾的诗作，同样指向这一伟大的传统。我以为，这一传统的基因当始自河南巩县人杜甫。

2017 年，我从学校图书馆购得一批《十月》过刊，读后就爱上了谷禾的诗论。2021 年，我有幸入选"十月诗会"，读了《坐一辆拖拉机去耶路撒冷》《鲜花宁静》《北运河书》等。我从中看到一位异常自信、敏锐、真诚、朴素、务实的诗人。谷禾的诗歌创作，承继了杜甫的纵横挥洒，写人如闻其声、如见其面，议论则万壑风来，回声不绝。

《唐朝来信》反映了谷禾诗歌的特点——快、狠、准。入题快，用情深，词语不多不少，恰到好处。"一路走过千山万水"，绝不拖沓。"变故""匪患"，概括了被俘的狼狈。诗中的"它"，是一封用生命写就的长信，既是"惊惶""无助"的中年困境，也是"哀民生之多艰"的济世情怀。

"俯仰悲身世，溪风为飒然。"我们能从《唐朝来信》汲取的力量，正是沉郁顿挫之后的飒然。

30
恒久忍耐

西尔维娅·普拉斯，美国自白派女诗人。她的诗具有强烈的女性意识。《贫瘠的女人》一诗，袒露了失败者的微观世界。"空无一人"，开篇即入境，有很强的代入感。对于"贫瘠"的女人来说，宏伟与华丽是不可见的。但世界不能剥夺一个人的心跳。"喷泉"式的心跳，"修女"式的"空白之心"，这些带有"傲慢与偏见"的词，显示出诗人对"伟大的公众"洁癖般的排斥。

"大理石百合／呼出苍白的香气"是进入情绪的路径。鲁迅说过，"盖诗人者，撄人心者也"。"百合"的固化与冰冷，"香气"的"苍白"与永恒，让"贫瘠"变得富足，让失败者的思考富有恒定的精神价值——它是超越俗世认知的真谛。

普拉斯从十一岁开始写日记，直至三十岁自杀为止。她的诗，是日记般的向内的独白。她与特德·休斯分居后，独自照顾他们的两个幼子，生活困顿，但她始终相信失败是暂时的，而诗思必将进入历史的长河。

31
老有老态

罗伯特·勃莱去世了。读诗是最好的纪念。霍俊明推荐百岁诗人郑敏翻译的《圣诞驶车送双亲回家》。

我不谈"深度意象"，也不究"东方元素"。我想说，这首诗的特点是"贴近老态"。沈从文曾指导汪曾祺写作，说要贴着人物写。此诗也贴合这一原则。

一次护送，何以成诗？原因在于"圣诞"，特殊的日子，平庸也有诗意。这种护送，也绝不同于"孝"的布道，不宣扬"爱与悲悯"：二老难得外出，他们进入家门后，"身影就消失了"。

圣诞遇风雪，死亡近老者，皆为常态。诗人无限贴近老者的情绪，"悬崖"边的"犹豫"，日常生活的沉寂，仿似"积雪住进体内"。二老低声谈话，提及"提水""吃橘子""孙子的照片"。我特别喜欢"孙子的照片，昨晚忘记拿了"这一断裂。爱孩子和健忘是老之常态。

诗朴素，译忠实。郑敏必定深谙"体内积雪"，也一定深知"我"心。"穿过""驶车""高喊"这三个词，彰显"我"之气盛。

死亡不仅欺侮老者。我们也如"林中橡树"，随时可能成为黑暗森林中的一员。

32
致敬、思辨或"抄袭"

爱情很短，遗忘很长。智利诗人巴勃罗·聂鲁达的《今晚我能写出最悲凉的诗句》是爱情诗经典；美国诗人吉恩·瓦伦汀的《今晚我可以写出……》是对前者的致敬，或一次思辨。瓦诗自聂诗分娩而出。吉恩·瓦伦汀这样写，无非是想要一次隔空对话罢了。

聂鲁达突出"最悲凉"，用词极冷而情至深沉。正因曾经的温存，如今的离去，使星空、夜风、草地、血液都坠入冰窟。悲剧的力量并不在于悲惨，而在于酒神精神唤起的火焰。故聂鲁达的情诗在希望与绝望之间。

瓦伦汀的诗，则是从女性视角审视爱情。她渴望"最明亮"的爱，她偏爱"寂静"、心胸开阔、温暖的男人。

聂鲁达创造的"自白"句式是那样美好，瓦伦汀欣然"抄袭"了它的节奏与形式。但瓦伦汀写出的，不是诗句，而是爱情况味。

这是瓦诗对聂诗的思辨。王家新充分尊重瓦伦汀的"生活诗歌美学",翻译时,在用词上精准而独到——"在母性的弯屈的星空下",是"弯屈"而非"弯曲";"而诗句落入灵魂,就像露水落入牧场……",是"牧场"而非"牧草"。毕竟,星空的"弯屈"是绵柔的写意,而非不直;灵魂是一个场域,"牧场"比"牧草"更准确。

瓦诗的副标题是"在巴勃罗·聂鲁达之后",所谓"抄袭"因此变为致敬与思辨,更显与经典对谈之意味。

33
海洋与诗歌

成功的海洋诗歌,常有对峙、矛盾、神秘、自由、心灵转化等元素。

有一次,我去往平湖的外蒲山,看着海浪一次次侵袭礁石,感受到人间的沉寂,海的喧嚣,或是人间的喧嚣,海的沉寂。我感到,这是诗歌对静默而广大的空间的向往。

后来,我到洞头,过闹市、涉滩涂、宿于花岗岛。正值休渔期,海面平静,驳船静止,渔民懒散。无处不显露出大海之于生命的威严。

海洋是生命的源头。写海,不应止于海面,应探入海洋内部,那更为复杂、幽暗的存在。

34
嘉兴的诗意

我现居浙江嘉兴。嘉兴毗邻上海、杭州，为一交通枢纽。如果用几个词来描述嘉兴，我想或许该是：通达、温润、平旷、水网密布。我看地域性之于诗歌创作，影响是飘忽不定的，有时甚至是旁观姿态。长期在某个地方，有利于深入了解它；而闯入者审视它，反更能捕捉到表象的真。当然，绝对的真相是不存在的。我亦非嘉兴土著，而是新移民。从山水九江迁居杭嘉湖平原，我身上的水性未去，多了几分甜度。嘉兴给我的诗意，集中在小日子的琐屑和美好，让我的写作富于烟火气。

35
青年诗人的诗学

我希望写出紧贴生活的诗歌，像威廉·卡洛斯·威廉斯、罗伯特·勃莱、沃尔科特创作出的那样的作品。生活缺位的诗，一定是寡淡无味的。或许写诗兼评论的缘故，我企图用诗学来归类诗人的创作。问青年诗人想写出怎样的诗，等于在问青年诗人有没有考虑自己的诗学问题。重复前人的老路是不令人满意的。青年诗人迅速脱离模仿并建构起自己的诗学很难，但若做不到，他将失去创造的内驱力。我期待写出泥沙俱下的生活，写出人间百态，写出现代社会的表与里，用纯正的汉语。

36
诗歌与语言

　　作为当代汉诗的生力军，青年诗人应尤其注重汉语的运用，用汉语思维去审视生活、表达生活。现代汉语具有活力，它脱胎于古代汉语，兼容西方语词，将雅与俗、明确与多义融为一体。

学诗偶记

1
渊明饮酒，我迷醉

阔别故乡十余年，乡友陶渊明常来梦里看我。他衣衫宽大，醉眼蒙眬。他看着我，从未有过言语。我念着他，写下一首题为《陶渊明》的言志诗：

> 南山在诗歌的一侧，一瞥历史漏洞
>
> 我把词语还给了田园
>
> 整片水田被分为了秫稻与籼稻
>
> 为了交差，我甘愿做一株野草
>
> 在田埂上写隐逸的诗
>
> 文字如蚁，爬上我的肉身
>
> 电掣我暴动的血脉
>
> 猛志吞噬肃穆的黄昏
>
> 我啜饮着世人的孤独
>
> 醉意阑珊，门是一块隐士的墓碑
>
> 遥望我的星空
>
> 不能钳制的未来，以及梦

我们的来路布满泥泞

去时无多，星尘微动

我知道，璀璨只因心心相印

我的祖籍是江西都昌。自我贴金地说，我是陶渊明的乡友。我在鄱阳湖北岸的崇山峻岭中长大。"改革开放"后，我的姐姐们纷纷离开故乡，去往南方打工。于我，在山外，有一个更广阔的世界。骑自行车去往三十余华里外的三汊港中学上高中，可取道土塘集市，也可取道阳峰。我几乎每次都选后者，因为阳峰是宋末宰相江万里的故里。江万里不仅能文，且力主抗击元兵，最后更率全家一百八十多人殉国，为历史上的道德楷模。

都昌文化名人还有《云庄礼记集说》的作者陈澔，他的墓地至今犹存，就在蔡岭境内。我那时受他们事迹感召，发奋读书。

住在我心里的故乡名人，位列前位者还有陶侃，他是陶渊明的祖父。陶侃是东晋时期的将军，武功了得。著名学者摩罗为我的新著《归于书》作序，说："陶渊明的老家就是都昌县。陶侃和陶母的故事，流贯在都昌的山山水水、花花草草中。陶渊明的诗歌质朴自然，他的文赋那可真是灵性充沛，神采飞扬。"

对于陶渊明这位乡友，我初识他，是在九江学院的图书馆内。十余年前，我带着冲出群山的向往与冲动，步入了九江学院中文系。在当时，考上九江学院并不是件长脸的事，但于我，是进入更广阔世界的第一步。刚入学那段时间，听着崔健的《花房姑娘》，沿着九江大堤漫游，又满大街地搜寻20世纪末中国"最孤独的歌手"张楚的卡带，音乐唤醒了我的青春。真正爱上文学，则始于与陶渊明的相遇。在九江学院图书馆的墙壁上，我见到了"陶渊明研究会"的金色标牌；坐在宽敞的阅读室内，我读的第一本书就是明太子萧统编选的《陶渊明集》。这是个有意思的事情。晋宋时期的活跃于江南文坛的陶渊明，其作品并没有得到充分的认可。直到昭明太子本乎"事出于沉思，义归乎翰藻"的审美标准相中了陶渊明。后来，当我身处异乡，在嘉兴乌镇的"昭明太子读书处"望见那些断壁残垣，我想，萧统是懂得陶渊明的人。得益于萧统的推重，陶渊明的诗继续在人间传诵。那时，我可从未想过与陶渊明这样伟大的人称"乡友"。毕竟，据古书记载，陶渊明是柴桑（今庐山市）人。但是随着远离故乡，继而客居异省，我越来越渴望称陶渊明为"乡友"。

我攀附陶渊明，如附于南山脚下菊花瓣上的露珠。我低吟默诵着"夕露沾我衣……但使愿无违"。从某个角度说，陶渊明的田园梦就是我的故乡梦。现实中，故乡再没有属于我的一寸土地、一株草木，但我知道，我生命中的所有都源自那片热土。任何时候，我都不曾忘记那炊烟，那一草一木，以及亲人的笑颜。那是我回不去的精神家园，置身水泥森林的这具肉身，能否听到陶渊明的呼唤："归去来兮，田园将芜胡不归？"事实上，欧阳修听到了，因为他说："晋无文章，唯陶渊明《归去来》一篇而已。"又说："吾见陶靖节，爱酒又爱闲。"我同样坚信，苏轼在说出"鄱阳湖上都昌县，灯火楼台一万家"时，一定想到了陶渊明，否则，他又怎会说："吾于诗人无所甚好，独好渊明之诗"。他还赞美陶诗："质而实绮，癯而实腴，自曹、刘、鲍、谢、李、杜诸人，皆莫及也。"如此，我也算是懂陶渊明的人了。

诗酒趁年华，文章需真宗。"好读书""性嗜酒""常著文章自娱"的陶渊明，他的诗意人生，我心向往之。木心曾说，人生不如一句陶渊明。"暖暖远人村，依依墟里烟"的乡村景象已难见踪影。在夜里，我常问："如果你活在当下，真能归隐吗？"当"桃花源"成为房地产开发商的广告语，当各地纷纷斥巨资打造"桃花源"，且争夺"桃花源"的所在地，"隐士"与"田园"又在何方呢？

面对纷乱世相，我愈发坚信，我的身体里有他的隐逸因子。陶渊明钟情的田园，正是我祖祖辈辈的田园。而其被世俗放逐的精神，正是孤独漂泊异乡的真实况味。渊明"饮酒"，我"迷醉"，他说，"此中有真意，欲辨已忘言"，我能否捕获那"真意"呢？或许，只有在令人迷醉的诗意的世界里，我才能触碰到那根灵魂的肋骨。

饮酒者，看见街道的路灯搔首弄姿

在某个瞬间，他看见了我——飘在天空的神

那迷醉的眼神，穿透风，穿透江南夜色

穿越路上的行人和车辆

停在某个既熟悉又陌生的虚无地点，成功地达成如
　　此虚无

以至视而不见

他守在路灯下，望着灯火通明的窗格

念念有词，儿时诵过的"久在樊笼里，复得返自然"

路人不懂

只是语调和节奏随裙带舞动，眼前月色迷离

断断续续的话，撞在石头上，碎了原形

树叶上藏匿泪水

被风抓住，在冷夜里摇晃，嘶鸣

惨烈的歌声

随着妖娆多姿的舞女一起摆动

他那残损之躯，冷却了血液却混杂着酒精分子

只有在时光里掺了记忆的沙子

才能看到真相

明日，因为拒绝忧伤而被窒息的日子

犹如昨日重现

"造饮辄尽，期在必醉"——我不能想象陶渊明烂醉如泥的样子，更不允许自己迷醉，或偏安一隅。陶诗篇篇有酒，却是醉翁之意不在酒。我之迷醉，亦是"不吝情去留"的干脆抉择。依我看，世间唯有陶渊明自由，他不为五斗米折腰，弃官而走，把生命交给自然，在历史长河里，完成了一次人格独立的生命旅程。

如今，我更愿意在心中承续他的肃穆与猛志，将日常点滴诗意收集起来，填那俗世之海，在喧嚣的世界里，寻得一份内心的安宁，活出些余味来。

这才是我与陶渊明真正的遇见。

2
诗歌的生长问题

写诗，是一项智力挑战。语言和思想的鲜活度直接决定了诗歌的成色。

从发表第一首小诗《沉思的你》算起，我写诗有十五个年头了。以前写诗，全凭荷尔蒙推进，情绪化表达盖过了诗本身，用词也潦草。有一段时间，我还特别迷恋身体意识，所以诗里个体经验太多，有似迷宫，尤其与现实对接不够，差评不少。但我自己知道：我从未在诗中胡说过一句。如今看来，诗歌应该符合米沃什所说的"时态"。倘若我们停留在思人怀乡、吟咏山水上止步不前，汉诗又如何当代？从我自己的经验看，当代汉诗必须与时俱进。

写诗者众，出类拔萃者少，好诗人凤毛麟角。如今，汉诗应允许"新词"和"糙词"进入，不能一提及诗歌，就是阳春白雪——或寄情山水，或"苦大仇深"。大时代背景下，汉诗应观照社会的每一个角落。这就决定了写作诗歌不能局限于个体经验，要做到"诗可担大义"。近期，我写的《看画展》《凶残》《黑孔雀》《速滑少年》等尝试用朴直的语言表现社会各个侧面。

一首诗，拱土而出，拔节生长，显现出不可思议的力量。诗人因语言和思想方面的创造获得精神奖章。我们既要继承汉语的典雅，又要提防僵化与固化，让汉诗入情入境，进入现代日常生活。以开放的态度打通诗歌与语言、诗人与读者之间的墙，才可能让汉语在诗歌中真正地复活和生长。

3

局促与辽阔

评论家谢有顺曾说："一个好作家就是一个辽阔的世界。"

接到《品味》杂志的约稿，我开始整理诗歌、创作谈和评论。评论虽有几篇，可怜都是针对早期作品而作的。于是，我找到青年诗人陈泉，希望他能为我写篇评论。他问了一个问题：是写作家，还是写作品？

这个问题引发了我的思考。2015 年加入省作协以前，我对自己的写作认识肤浅，文学评论多是读后感式的发微。那时，写诗尚是业余爱好，多以情绪推动语言，《莫妮卡与兰花》中的诗歌就是如此。近几年，我出版了《归于书》《汉语容器》两本评论集，并加入中国作协、中国评协，是荣誉，更是鞭策，我必须对自己的文学创作有更高的要求。

在《宜居两世界》《风的后门》《我的精神简史》《诗歌的现代性生长》《多谈主义》五篇文章中，我阐释了自己的写作心路：矛盾与生长，故乡与异乡，诗歌与评论，原创与阐释，粗粝与精细，局促与辽阔，琐碎的日常与伟大的诗学……我是一个矛盾体，或者说，是互搏术的练习者。在流量为王的时代，我用笔名在微信圈里活成了另一个人。我竭尽全力搜索日常的诗意，不高蹈，不做作，用福柯的"求真意志"要求自己的工作和写作。从 2002 年发表第一首诗歌算起，我完成了"读写二十年"的初级目标，也看到了自我的成长、成熟。

尤其是三十五岁以后，我对自己的文学创作有了新认知——

剔除情绪化的诗歌和吹捧式的文学评论。

为生活打拼，对自己所爱之人担起责任，积极乐观，努力工作，同时，为了理想，坚持阅读、写作，尽可能缩小生活圈，减少应酬，腾出时间来充实自我。不知不觉中，我形成了"书写日常，以小见大"的创作风格。

说实话，因为写作，我招来了许多流言蜚语。"一个小老师，怎能搞文学？"这不是自问，是旁人的质疑。"世人看诗人，不是顾城就是海子，要不就是余秀华。"这是大众对现代诗人的认知。"文学能当饭吃吗？"这是物质富足的人的探问。日常生活和工作的忙碌，让我的写作显得"局促"；教学语言系统对写作有一定限制性影响。我意识到，这种不均衡的生活恰恰形成了我写作的内驱力。来自物质世界的压力，反而让我的精神生活变得富足起来。我对生活有妥协、有悦纳，我对写作有热忱、有坚守。

2019年至今，我与"新湖畔"诗友许春夏、卢山、北鱼、双木、敖运涛、余退、马号街等一起编诗选、搞活动，获益良多；2020年，我凭借文学评论集《汉语容器》入选2019年"新荷十家"；2021年，我入选"十月诗会"，在四川资阳见到了于坚、梁平、龚学敏、刘川、谷禾、李浩等诗友，与大家一起切磋诗艺。我渐渐发现，"局促的生活"不是诗歌创作的短板。每个人都有自己的"局促的生活"，只要坚信"一个好的作家就是一个辽阔的世界"，诚恳、真实地面对生活，真诚、务实地思考创作，都可以达到一定的高度。

在"纸上得来终觉浅，绝知此事要躬行"的实践观指导下，我写下两首长诗——《在水边》和《黑天鹅》，共千余行。《在水边》是一首视野开阔、雄心勃勃的作品，从五个侧面书写了江南水系与人之间的依存关系，开阔和细碎结合，意象纷呈，节奏明快。《黑天鹅》入选了《中国汉诗》编辑部与佛山市作家协会联合主办的"首届中国长诗大展"，并刊发于《中国汉诗》2020年秋冬卷。当代汉语诗歌，已历百年。一代又一代的诗人，用内心最真实的鸣音，引领时代前行。他们将汉语的审美推向极致，同时，又让汉语的诗性回落人间，犹如太阳，以及它和人间的距离。

2022年元旦，我回到故乡探望生病的父亲。见到父亲那一刻，我潸然泪下——他太瘦了，变得像圣雄甘地一样瘦。我曾多次要他来城里治病，都被他拒绝。他说："只要你们下一辈人好好的，我就心满意足。"而我选择了听从。在他病痛的时刻，我看到自己体内有一股倔强的因子。生命虚弱，我很虚弱。人生如寄，多忧何为。真正的平衡是不存在的，那些所谓的健康、和美、幸福，都是暂时的。

在这一年，我多次返乡，看着故乡的草木，我理解了父亲。那是生命的局限，也是生命的辽阔，生命在我的工作台上，在回家路上的行道树上，在碗柜里的青花瓷盘上。

正因如此，我更坚持文学创作。我要做俗世的孤勇者，要做必然的真实，而非媚俗的真实。我坚信，我的诗歌将清晰地指向现实，指向现实中的弱者。

我对自己说："写下我的爱，局促的现实因而辽阔。"

第二辑

海飞的谍战小说及"自我戏剧化"处理

溽暑读海飞小说,快意恩仇,酣畅淋漓,喜得我眉开眼笑、坐立不安。在他的笔下,历史质感被还原,日常细节被嫁接,复杂人性被勘探。他选择特殊时代,写其时人的悲苦。作为虚构的文本,它们并不向史实靠拢,而是在历史框架中,将人物"自我戏剧化",从而在上帝视角下完成人性的钻探。

这里所谓的"自我戏剧化",是指海飞在谍战小说中处理人物关系的技巧。他借鉴莎士比亚戏剧部分主人公的人性化处理方法,对于这种处理方法,T. S. 艾略特曾在《莎士比亚与西奈卡的苦修主义》一文中做过理论阐释:在悲剧性的紧张关头,为鼓起自己的劲头来,逃避现实,于是出于"人性的动机",采取一种"自我表演"的手法,把自己戏剧化地衬托在他的环境里,这样就成功地把自己转变成为一个令人感动的悲剧人物(转引自江弱水《抽思织锦》,北京大学出版社,2010年版,第3页)。

在海飞的小说中,"自我戏剧化"非刻意为之,是特殊背景下人物多重人格的真实写照。

文学的使命在于呈现人的本质。海飞是70后小说家群体中不可或缺的存在,也是被误解颇深的一位。评论家李敬泽一语道破其中玄机:"海飞谍战世界系列,写的是命悬一线的乱世、孤绝幽暗的人性。文字之中，展现了他惊人的想象力：那是不可能的可能，关于人的光芒。"在多数人看来，海飞属于类型文学作家，他偏爱谍战题材，故事中的人物总是穿着"定制套装"，让人一望便知。但事实上，海飞在生活中爱穿便装，他的言谈、风度让我想起便衣警察。这种反差也出现在他的创作中。在我们这个偏向于大众文艺的时代，海飞的"谍战小说家"身份得到了广泛认可。他的小说《惊蛰》《捕风者》《代号十三钗》《麻雀》《醒来》，彰显着他对复原乱世的兴趣。但在我看来，海飞是真正的文艺青年，成熟的小说家。从显示实力的中短篇小说集《菊花刀》，到当前的"谍战"系列，有别于新时期的网络小说作家，他一直走在纯文学之路上，保持着旺盛的创作力。这是他的特立独行，也与他的文学原创力相关。他并非为市场写作，从"自我戏剧化"这一点看来，其谍战小说恰与早期的都市小说一脉相承，人性始终是其创作的一个核心内容。

文学即人学，这是个本质问题，而文学的第二要务就是革新。20世纪90年代，海飞出生于诸暨的一个叫丹桂坊的地方，一个盈满诗意的村落。但其实海飞家族人多居上海，且多为工人。海飞当过兵，不知他在部队里是不是常常接触枪，他的文学创作中，"枪"是关键词。他是创作的快枪手和语言狙击手，他的语言丰富，表情达意准确、生动，使得人物形象饱满且富于个性。

当海飞还是小镇文学青年时，他用单车载着女友，驰行在荒草萋萋的小路上。他的写作野心驱使困于斗室的他勤耕不辍。或许，那时的蓝天白云正是隐秘的电波，向他传递文学的密语。他一直在破解文字密码，以之书写人性的大爱与悲悯。

近期，海飞的长篇小说《醒来》引起了我的关注。小说原名《陈开来照相馆》，刊于《人民文学》2020 年第 3 期，随即被《长篇小说选刊》《小说月报》转载，近期将由浙江文艺出版社推出单行本。它是《惊蛰》的姊妹篇，是海飞谍战系列的又一力作。

读到这部小说是在庚子春月，我困于斗室，读书安神。读完《醒来》，我在笔记本上写下："时代愈是宏大，文学愈应精细。毕竟大时代、大事件应该由史家书写，而文学真正应该关注的是那些名不见经传的人。"海飞的创作方向，正在于此。他的谍战小说，背景多为烽烟乱世，但其关注点则落于这类时代普通人的命运上。所以，海飞的小说表面上看是越来越模式化，其实越来越精细耐读。

纵观海飞的创作之路，他超越了 60 后小说家的乡土叙事，也超越了 70 后小说家的小镇叙事。在创作谍战小说之前，他已形成了自己当代都市世情小说的风格。或许正因为都市生活趋于雷同，都市世情小说题材匮乏，专注于日常叙事的海飞才义无反顾地转向历史，于谍战这片神秘的土地上勤耕细作。由此，他在早期作品中呈现出的浪漫主义倾向逐渐隐匿，一种类似于骑士精神的格调显现。或许可以这样说，他笔下的男性，越发彬彬有礼，洋溢着勇气与正义感，体贴女士与弱者。

在博览群书的基础上，海飞展开想象。他以故乡为原点，积累创作素材。在古代特工系列中，《战春秋》的原点就是海飞的故乡诸暨——西施故里。他将"越王勾践卧薪尝胆破吴归"的故事重新演绎，连通经络，丰满肌理。有别于早期李森祥编剧的《卧薪尝胆》，海飞的《战春秋》可视为新历史写实小说的一次实践。

《战春秋》从越国战败起笔。以越后幽羊为主导的复仇集团展开了残酷的兴国计划。越后重用范蠡、文种，按两条线排兵布阵：其一是把西施送入吴宫魅惑夫差；其二是贿赂伯嚭以离间伍子胥，置吴国于险境。在范蠡等人密谋之下，这两场谍战都达到了目的。在越国这方面，越后一面让百姓休养生息，一方面激起他们心中的仇恨，并监督勾践每日尝胆，不忘耻辱。最终越国终于取胜。当然，吴王兵败，与夫差一心北上的政治策略密不可分。我们将这样的胜利放置在历史长河中审视，不过是惊鸿一瞥，功过留与后人说。那么海飞的《战春秋》的独特之处究竟在哪里？其一是海飞没有走英雄主义路线，而是侧重于小人物；其二就是在处理人物时，常用"自我戏剧化"。例如：

> 夫差急匆匆奔回宫城，这座姑苏城的城中城第一时间锁上了大门，他随后就奔向了若耶宫。这时候，一匹发飙的野马突然出现在夫差的眼里，它是昆仑，它冲向若耶宫门口的西施。西施看见夫差时，淡淡地笑了，说，如果你愿意，我们可以和昆仑一起走。我们去甘纪和郑旦生活的夫椒地，他们现在拥有一片可以遮风挡雨的凉亭。
>
> （《战春秋》，北京十月文艺出版社，2020 年版，第 184 页）

这段文字出现在吴国战败之时。按一般逻辑，此时的夫差一定是勃然大怒，对"美女间谍"西施一定恨之入骨。可是，海飞却将西施塑造成一位动了真情的女人，将夫差刻画成"爱江山更爱美人"。回想西施入吴宫，被王后和芸妃屡次构陷，终凭木屐舞赢得夫差青睐。夫差宠幸她，要为她盖宫殿，百依百顺。他们的爱情就这样在仇恨之中生长。最终，夫差直面失败，直面对西施的爱，说出了令人意想不到的话——"自从你进入宫城的第一天，我就猜到范蠡送你过来的用意。但是看到你的第一眼，我就决定要将你留在身边。这么多年，我不怕你是谁，怕的只是，你从此不在我身边。"

类似这样的反转还有甘纪与郑旦。本来，甘纪奉伍子胥之命阻挡西施入宫，而当他见到郑旦那一刻，竟无可救药地爱上了敌人，真是英雄难过美人关啊！这就是典型的"自我戏剧化"处理。我们要看到，西施的表现是有理由的，在她得知洗劫苎萝村的人并非吴国人之后——越后幽羊为了激起越人的仇恨并阻断西施的后路，秘密地派人杀死了西施的父亲及同村人。在政治至上的越后那里，西施不过是获取胜利的一颗棋子，然而，在所谓的仇人夫差那里，西施却是爱的对象。

另一部谍战小说《风尘里》场景阔大。海飞在这本小说中，设定了一个类似于"鬼市"的地方——风尘里。与他先前谍战小说中的人物类似，田小七拥有双重身份，他表面上是更夫，暗地里是助人越狱的鬼脚遁师。在这部小说里，海飞还对古代传信手段进行了合理猜想与情境再造。他总能运用奇幻之笔满足读者的猎奇心理。比如听瓮传声、舞步密码、萤火虫传信等。小说的最后，田小七从风尘里转至唐山海，打开了另外一个故事之门。

海飞的谍战小说背景越打越开：《战春秋》是"春秋争霸"；《风尘里》是万历年间；《麻雀》《捕风者》《惊蛰》《醒来》是

民国至抗日战争。

在《醒来》中，海飞描写了20世纪40年代鱼龙混杂的上海。他以社会剖析小说的写法写特殊时代的人物，笔触细腻。小说从"春光照相馆"的李木胜身份暴露写起，徒弟陈开来表面上骂骂咧咧，要与他分道扬镳，其实接过了他的谍战任务。与此同时，住在照相馆楼上的舞女金宝着手从日本军官铃木那里拿到与"沉睡计划"相关的胶卷。后在日军的围堵下，陈开来与金宝二人携手逃亡至上海。

《醒来》的网状结构异常明显。陈开来属于共产党地下情报工作人员队伍，金宝则是重庆国民党派出的特工。他们逃到上海火车站，刚好碰到汪精卫伪政府的督察员苏门一行人抵达。在上海车站和赛马场，苏门两次遭遇不明来路的刺杀，都在危急关头被陈开来搭救，陈开来因此成功打入76号组织内部，进一步开展地下工作。这些情节，与海飞最负盛名的谍战剧《麻雀》异曲同工。《麻雀》写陈深潜伏在汪伪特工总部毕忠良身边，通过代号为"麻雀"委派特工，传递情报，最终成功窃取汪伪政府的"归零计划"。海飞在创作谈中说，他对"极司菲尔路76号"做过实地考察，对丁默邨和李士群做了大量的资料搜集和研究工作。由此也可以看出他的创作观与踏实的态度。

海飞并没有把主要情节放在真实的历史人物身上，而是集中刻画小人物，在缜密的叙事框架里，让这些小人物为情驱动，推动情节向前发展。

"沉睡计划"是故事核心。为了获取这一机密，各路人物尽显神通。这个故事中的人物皆有多重身份，关系错综。这一点，我认为并非小说家故弄玄虚以博眼球，而是这些小人物身上一定另有"他者"。事实上，面对危险的外部环境，他们多数人都必须在他者之下存活，难以成为自己。于是，他们不断地逃离、幻变，然而，情是他们难以挣脱的一张网。

除了首尾外，故事情节的场景集中于仙浴来澡堂、陈开来照相馆、76号特工总部、米高梅舞厅、赛马场这几个地点。这使多方博弈每每在一个相对窄小的空间展开，人物关系和戏剧冲突总是处于紧绷的状态，类似巷战肉搏，矛盾迭起，危机重重。深入敌方内部的陈开来，他的莱卡相机像是一个探头，所到之处，即为爆点。这样的结构让这部短篇小说的蓄能直逼长篇。直属行动大队后勤科的赵前与苏门（苏含窗）本是夫妻，且有着良好的感情基础；苏门与她的保镖崔恩熙之间有着难以割舍的依恋；潜伏在仙浴来澡堂的三弦师傅杜黄桥是参与南京保卫战的突击营营长，76号特工总部的专员陈开来的救命恩人；金宝表面上是舞女，真实身份是重庆特务组织头目，她还爱上了陈开来。围绕着陈开来的，就是如此错综复杂的人物关系，而陈开来一步步靠近"沉睡计划"，又一步步"醒来"。我不禁猜想，海飞或许是个围棋高手，左手黑棋，右手白棋。

杜黄桥这个人物身上，集中展现了海飞"自我戏剧化"的处理。杜黄桥带领特工捣毁接头站点仙浴来，他立下了大功，同时他竟无可救药地爱上了杨小仙，于是将杨小仙藏在郊区的一个秘密据点，两个人过起了普通夫妻的生活。毫无疑问，这样的爱情终将成为悲剧。

除此之外，《醒来》还是一部富于诗性的小说。除了日常叙事的诗性，海飞还排布了两条暗线：一是戏剧与舞曲，二是泰戈尔的《飞鸟集》。李木胜身份暴露后，唱起了《空城计》："我正在城楼观河景，耳听得城埠乱纷纷。旌旗招展空翻影，却原来是司马找来的兵……"这一段既是李木胜心境写照，也是向陈开来传递"河埠找"的暗号。杜黄桥拉的苏州评弹《十美图》、杨小仙唱的越剧《西施浣纱》及苏门演绎的《一步之遥》和《何日君再来》，声声入耳也入心，这些元素强化了背景，也为情节做了注解。苏门钟爱的《飞鸟集》被海飞用来向读者传递主题。海飞有意引述其中的金句，既增加了文本的诗意，也强化了小说整体的诗性。比如："有一次我们梦见大家都是不相识的。等到我们醒了，却知道我们原来是相亲相爱的。"又如："生命如横越的大海，我们相遇在这条小船上。"类似诗句贯穿整部小说，提点与深化主题。

　　海飞在一次访谈中说："我对复杂人性的探究，有一种固执的疯狂和兴奋的迷恋。"海飞谍战小说的多义性其实正根植于此。有人看到的是跌宕起伏的故事，像是追了一部电视剧；有人看到的是历史——海飞以新历史主义小说完成了对历史的再创造；有人则领略到其小说的顶层风景——全知的上帝在高处俯瞰人们在阳光或阴影下喁喁私语。

1949 年上海世相百态的重建

——谈海飞长篇小说《苏州河》

2022 年 3 月，海飞最新长篇小说《苏州河》由浙江文艺出版社推出。《苏州河》是一部关涉时代与人生的大作品，海飞构思八载，又用三年时间倾力完成。小说以 1949 年的上海为背景，演绎了刑警陈宝山的悲情人生。其以史实为基，以春秋笔法塑造人物，用情境还原法再现世道人心，结构极简而内容极丰，含义至深。

海上旧闻

为写这部小说，海飞翻阅了大量的史料，并实地探访了瑞金路的上海公安博物馆。上海警察局在 1949 年前后的变迁，中国共产党地下情报人员和国民党特务在此的博弈，许多重大历史事件，都在《苏州河》中有迹可寻，这就是海飞素材收集与调研的直接成果。

在海飞的书架上，有一本名叫《海上警察百年印象（1843—1949）》的书，该书由上海市公安局史志办公室编写，从租界的巡捕房起笔，写到风云激荡的 1949 年的最终抉择。上海人永远不会忘记 1949 年春天，旧上海的历史最后一页被一只有力的大手翻了过去。6月2日，"人民政府公安局"的牌子，挂到了福州路185号高大的拱门一侧。从此，这座城市拥有了世界上唯一冠以"人民"之称的警察队伍。

海飞以真实的历史事件搭建起小说的构架。福州路185号见证了旧上海警察局到新中国上海市公安局的变迁。这里还有真实历史人物的活动踪迹，非常器重陈宝山的局长俞叔平就是真实人物之一。甚至可以说，俞叔平是陈宝山的光辉源头，小说中陈宝山祖上三代都是警察，其祖父英雄落难式的死亡表明旧上海警察个人正义的无力。儒雅而爱才的俞叔平是代表旧上海"正义"的一名警察。俞叔平，幼名运佳，浙江诸暨人，1928年浙江警官学校正科第一期学员，1930、1934年两度赴奥地利专攻警政，1938年回国，后历任重庆中央警官学校教官、国民党中央组织部人事室主任、上海市警察局局长等职。1948年底，国民党制定的特工计划想要将派驻上海的共产党代表团全部暗杀，俞叔平暗示代表团成员及时撤退，甚至派警察加以保护。《大公报》称："俞叔平不愧是知识分子，任职局长期间不曾迫害过共产党人士。"1949年春，他携家眷去往台湾，接替他的正是毛森。毛森，国民党特工出身，在任上海市警察局局长时，肆意屠杀共产党人和民主人士。中华人民共和国成立前夕，他任厦门警备司令，最终败逃台湾。

无论是儒雅的俞叔平，还是残暴的毛森，他们代表着现实斗争的跌宕起伏。海飞在处理这两个人物时，做足了考据工作，笔法虚实交织。卡尔维诺在《未来千年文学备忘录》一书中，详细讨论了文学的"轻与重"，将"轻"确立为一种新的文学力量。我觉得海飞近些年的谍战小说符合卡尔维诺的"轻与重"原则——爱情故事底下是厚重的历史真相。

小说还借用了一些重大历史事件作为布景。唐仲泰和周兰扣暗度陈仓后，搭乘"太平轮"外逃遇难。1949年1月27日，上海黄浦滩头的码头上挤满了人，他们将搭乘货轮"太平轮"逃往基隆。"太平轮"遭遇海难，大部分乘客遇难。海飞借"太平轮"巧妙地解决了唐仲泰和周兰扣两名国民党特工的隐匿，将笔锋一转，转向张胜利浮出水面。而需要执行"永夜计划"时，周兰扣和唐仲泰又死而复生——排队上船之际，唐仲泰被击落水中，周兰扣也跳入黄浦江中，两人因此逃过一劫。

上海战役中十万解放军睡马路、人民公安接管上海、国民党特工执行"永夜计划"……"海上旧闻"与小说情节无缝融合，情节和人物在过去与现在、现实与虚构中轻巧穿梭，小说的文学性得到延展，人物之间的情感变得真切可感。

苏州河畔

苏州河是上海的母亲河。在海飞的小说中，苏州河是一个即将降生的孩子。叙到悲处，霎时天亮。上海即将解放，始终致力于查办案件、还原真相的陈宝山选择了死亡。陈宝山没有陈山、陈开来那种信仰，他之竭尽全力前行，仅出自匡扶正义的良知。我偏爱这样的人物，也因此不认为《苏州河》是一部简单的谍战小说。事实上，《苏州河》显出更阔大的气象：沉稳大气，宏阔、细腻兼而有之，且富于诗意。它延续了海飞小说一贯的风格与技巧，以浓郁的诗性写尽小人物的苍凉命运。

似乎海飞曾说过："我可能成不了诗人，但每个人都应该有一颗诗心。"海飞是有诗心的小说家。何以见得？《苏州河》中最暴力的杀手老金可以为证。老金是三宗凶案的行凶者，狡猾、凶残、阴冷乃其本性，但海飞写出了他的诗性。他是从背后袭击陈宝山的人，也是陈宝山的棋友。身份暴露的那一夜，他满脑子想的竟然不是逃亡，而是下棋。霎时，遮蔽在黑暗中的老金被投以灯光，变得立体了。他是"天生杀手"的典型，如同某部电影中描述的纳粹分子，白天杀人如麻，晚上沉浸在巴赫的音乐世界里；也如刘震云《一日三秋》中的马道婆，施法魔人是本职，通风报信只为救赎。老金是连环杀人案的工具人，并非主谋。老金的心在司机、在棋友，这是他自我中重要的一个。

海飞对每一个人物都倾注了心血，使他们个性鲜明。人在时代洪流中漂浮，"所有的人生都会变样"：童小桥、老金、周兰扣、唐仲泰、张胜利，莫不如此，没有一个能遵照心之向往而走自己的路。

海飞又善用情境还原法，让时代氛围触手可及，让人物变得立体丰满。小说中，两度写到陈歌辛的《苏州河边》；百代公司推出的由筱丹桂和张湘卿合演的《玉蜻蜓·劝夫》；郑春生被捕时，兰心戏院里播放的电影是《一江春水向东流》；炳坤经常翻阅《王云五小字典》等，在在让人嗅到那个时代的气息。

除此之外，尚有鸽子、馄饨、旗袍、画报、茶汤、葱油饼，以及雨夜里苏州河泛起的水纹。一切布景皆为情境，助小说家用文字重建苏州河畔的往日时光。

海派叙事

《苏州河》是典型的海派文学作品。它有海派文学的"大众性"和"为人生"的特点，走在海派作家写"日常生活意识和都市市民的哲学"的路上，也有点海派小说"悲情颓废"的旧影。同时，它就是在写 1949 年前后上海的故事，这里有博物馆陈列似的日常生活，有赫德路、福州路这样回声不绝的地点，有苏州河风光，有男欢女爱，有特工暗战和上海警察局的往事，带着曲终人散的恍惚，十里洋场匆匆过客，衣衫的五光十色，语音的南腔北调，身份的扑朔迷离穿梭、交织出传奇。

在变局中，是什么让人们走上了不同的道路？从头至尾，《苏州河》都在探讨着这样一个问题。

或许，这与海飞体内的上海血液有关——海飞对上海外婆家念念不忘，怀着一份难以割舍的情感。诚如写《繁花》的金宇澄所说，写作就要写自己最熟悉的事，没人能强迫你写不熟悉的东西。从另一个角度来说，题材的重复不都是坏事，如果能在自己熟悉的土壤里不停掘进，必将找到属于自己的黄金。海飞不断开掘谍战题材，不断添入历史、现实元素，语言上也不断提纯，将自己这一类型创作打磨得愈发精美。

虚构和非虚构是小说家时常要面对的问题。《苏州河》属于非虚构背景。也有小说为非虚构事件的，德国席拉赫的《罪行》就是这样一个例子：作者身为律师，将现实案件写成了小说。在小说中引入非虚构背景或非虚构事件有两层好处，一是小说更易形成构架或构架更扎实，二是现实的神奇往往超越想象的神奇。

在宏大的非虚构时代背景中写小人物、写日常、写细节、写情，是海飞谍战小说的基本构架。他的人物，无论市井小民，还是名流雅士，都具体可感。陈宝山与童小桥、周兰扣、来喜之间的情感纠葛，让我想到张爱玲《郁金香》的"情乱意迷"。陈宝初和金香相爱，因到外地工作，被迫与金香分离，最终陈宝初在外地娶妻，金香也另嫁他人。充满遗憾的情史，是一种现实，也是一种心境。正如海飞在《苏州河》后记中所说：人是不能选择时代的，只能在时代中选择一种活法。一名优秀的刑警，或者说侦探，并没有被留用继续当警察。在爱情抉择中，我让他娶了不爱的人，保护不了爱着的人，抽身远离了不爱自己的人。

陈宝山的死亡，将其"直肠癌"般的"警察意志"推上顶峰，另一方面，似乎说出了海飞的"反英雄"情结。陈宝山的"必死无疑"有类于"守节"：他忠于旧警察局，忠于俞叔平，执着于那些扑朔迷离的案件、难解难分的情丝不愿自拔。陈宝山之殁，为旧时代落幕，也为新时代启幕：新上海市公安局、来喜与炳坤，还有遗腹子苏州河，迎来了曙光初露。

康德在《纯粹理性批判》中说，人的意识首先表现为"时间意识"。时间的不可逆转性是人类悲哀的来源。人们或悲悯或旷达或感伤的思绪皆来源于此。

为曙光付出的暗战与牺牲，有谁知？当陈宝山看到童小桥发完最后一条电波服毒身亡时，他才明白童小桥来自江山"廿八都商行"，而非崇仁"廿八都商行"。其实在小说中，时间恰在做逆向运动，它不断返回问题的原点，试探以另外的方式解开线团的可能。

在困顿之中，人们排解孤独或沉郁的方式以追求爱情和宣泄欲望为主。日常抒情自然就成为小说正事。西方的文艺理论认为，文艺本身就是现实中不能满足的需求的反映，是无意识冲动推动意识转向排遣的结果，换言之，是性能量的创造物。海派小说表现颓唐生活有着相当悠久的传统，许多海派作家也比较专注于对源自情感挫折的颓唐心态的挖掘。这方面，有施蛰存对弗洛伊德心理学的运用，穆时英和张爱玲的突破禁忌。而我们时代的海飞也是一位"言情"圣手。

总体言之，海飞专注于重塑历史及其人群，他甚至不忌讳重复，他不断用细节去打通历史内部的精神隧道，努力让自己的小说耐得住咀嚼和回味。

春秋笔法

许多声音湮灭于枪炮轰轰，近乎无声。海飞在《苏州河》中，试图重新召唤出它们，以弥补"大历史"可能存在的空洞状态，更进一步，试图复活这些声音的血肉和情欲。

海飞在《苏州河》中用了春秋笔法写人，即寓褒贬于曲笔之中。三读《苏州河》，我深感海飞写人物手法更加纯熟了。他抛弃了英雄人物的绝对光环，去探索复杂环境中人性的复杂。

海飞在他的谍战小说中另有一种意图，那就是寻找逝去时代人们的精神代码。正如他在《惊蛰如此美好》中所说："他们（陈山、陈夏等人）的生活，就是我外祖父以及阿姨的生活。那么亲切却细微的温暖，支撑着那时候的人们在20世纪40年代的上海，活，下，去！"

与陈山、陈开来相比，陈宝山身上有更多悲情意味。应该说，谍战小说叙事要求其核心人物都身怀绝技，且能四处逢源，海飞也一贯是这么处理的，但到了《苏州河》，悲情况味明显了。

《苏州河》的双线故事和人物关系并不复杂。小说讲述了中华人民共和国成立前夕国民党特务企图以"永夜计划"破坏上海秩序，以暗杀、投毒、断电等方法让这座都市陷入混乱。张胜利是潜伏在共产党内部的高级特务，为了掩盖他的真实身份，特务组织暗杀了与国民党 72 军有关联的护士张静秋、逃兵郑金权及汤团太太。这条"无间道"构成了《苏州河》的"岸堤"；与之交错的"人间道"则是警察陈宝山与来喜、童小桥、周兰扣等人的生活日常，这是《苏州河》的"河水"。

随着三宗凶杀案水落石出，一个更为隐秘的事实浮出了水面——围绕在陈宝山周围的人物都有着多重身份，他们看似独立，实则存在着千丝万缕的联系，至此，小说散发出悬疑密布的"狼人杀"气息。

身份之谜向来是谍战小说的看点之一。海飞的人物身份设置，也以"知人知面不知心"切入，然而，经过周密安排，他的人物会变得鲜活立体，彼此千丝万缕的联系也能纤毫不乱。

回想我捕捉到童小桥身上的特殊气息之时，几欲拍案叫绝。时尚、娇贵、典雅的童小桥，是陈宝山心中的殿堂级女神——陈宝山这样说童小桥："她不是资本家的女人，她就是资本家。"这符合"微而显"的笔法，用以表明她作为"水鬼"的神秘、妖娆与无奈。

童小桥被捕，老金雨夜奔袭、棋逢对手……惊心动魄、跌宕起伏的一幕幕令人难忘。海飞是技术派，善于布景，更善于写情，陈宝山与来喜的夫妻情、与童小桥的蓝颜情、与周兰扣的单恋情、与张仁贵（张胜利）的兄弟情、与赵炳坤的师徒情，各种情让《苏州河》在"谍之无间道"之外，也成为"情之人间道"。

用情至深，海飞在处理人物关系时却仍能坚守客观。比如陈宝山把真爱交给了童小桥，童小桥却把来喜介绍给他。来喜与陈宝山的感情，可以柴米油盐酱醋茶来概括。当他最终印证来喜是共产党员，内心是平静的，因为他已能预见历史走向及其不可逆转。正因如此，陈宝山的饮弹自杀，是必然的。

一部小说的意义，并非全在于它能否修复历史，也不全在于它的价值取向跟上了潮流。海飞的《苏州河》写出了"真正的人"，而不囿于二元论。他根据笔下人物的身份、立场，给了他们一颗血肉之心。

《昆仑海》：山高海阔，心之所向

　　海飞写谍战小说，产量丰，名头响。谍战小说属于类型文学，海飞属于严肃作家，真是一种奇特的组合。

　　海飞打造的谍战世界，是一个展示自我与他者人性的场所，而不仅是"故事海"，不仅是"谍海"。小说《昆仑海》将海飞的这一创作追求展露无遗。

　　一种类型文学的接受度，首先是由其文化土壤决定的。谍战题材对于中国传统文化绝非异质之物。《六韬》云："游士八人，主伺奸侯变，开阖人情，观敌之意，以为间谍。"从少康使女艾谍浇到曹操设校事，到南宋水坊壕，到明代厂卫，我们中国人的历史也可谓谍影憧憧，我们对谍战故事的文学认同乃至热爱早已深种。

　　如果海飞的创作止于满足读者的阅读需求，那么，他必将会丧失推陈出新的能力。所幸他并未如此。不但不满足，他更于2018年之后，进一步拓宽写作思路，将他的谍战世界扩展到古代去，创作了《风尘里》《江南役》两部古代谍战小说。当然，那之后，他又创作了现代谍战小说《醒来》《苏州河》等。

　　《昆仑海》视野宏阔，有"九九归一"的气概。它的情节按照一条街、一个营、一座岛、一轮明月、一位英雄、一支队伍、一桩案件、一份秘密计划、一段迷情的顺序推展开去。昆仑展开了"公路片"式的侦察。在人物形象塑造方面，海飞十分细致。例如主角昆仑，是按照"山高人为峰，海阔任我飞"的意境设计的，他集仁、义、礼、智、信诸种美好品质于一身，又有侠客的多情和洒脱。说实话，海飞对"英雄主角"的人格有类似洁癖的要求，以至"入局读者"面对他们，如田小七、昆仑、陈宝山、陈开来等，常有自惭形秽之感，也有人觉得海飞在"造神"，在塑造"超我人格"。但其实他们都有特殊的历史身份，有七情六欲，是活人。

在《日落紫阳街》一章中，昆仑追查紫阳街丽春豆腐坊大火一案，不意为倭谍灯盏暗藏的毒镞所伤，生命危在旦夕。在丁山、杨一针和苏我明灯的救护下，英雄续了命，侦查也得以深入。他发现，倭谍远不止陈五六，一个庞大的组织，随即，迷宫式的桃渚营牵出逃犯骆问里、琉球的苏我入鹿家族及关乎大明江山安危的海防图，阴谋像是等待窥视的深渊。

你们可能想不到，看到这里，我并不想让昆仑陷入这座深渊，我觉得昆仑的性情更适合当个浪荡子，他只需要以自由人的身份牵制敌人，比如去无人馆和丁山谈一场恋爱，去琉球和杨一针去吹一吹海风，去明灯客栈和日本艺妓跳个舞，至于赌上性命查案，交给杨一针、横店、韭菜、胡葱、风雷等其他人即可。可海飞对他笔下的英雄爱深责切，他让昆仑对家国执着热爱，片刻不放松。应该说，到了这里，海飞让昆仑的人格向忠义典范转向了。

年仅十七岁，昆仑就当上了锦衣卫组织"小北斗"的掌舵人，皇帝赐宝马，国舅赐绣春刀。他接过了田小七的权杖。能飞能战，一夫当关万夫莫开，忠君爱国，这就是昆仑。查案两年，他走入了爱情和亲情的迷雾。随着调查的深入，他发现骆问里竟是他的父亲，他臆想中的"英雄"，是危及大明王朝的火药岛的制造者。如此一来，昆仑陷入了两难。至此，海飞将诗性或悲剧嵌入情节——海飞式谍战小说必须有饱满的人性和强烈的戏剧冲突。

海飞的谍战小说像他的人一样浸润着南方才子的性情。他是浙水之子，性格刚柔并济。海飞谍战小说的"英雄人格"兼具勇猛和智慧，这既符合世俗审美，也符合崇高美。这是一种健美的人格。

此外，海飞还有一系列优长。他善于将史料融入叙事，毫无拼接痕迹；他的比喻形象且不流俗；他能让读者有参与侦查、追踪的感觉；他将造境与写意融合无间；他将人格的"二元论"藏于笔端，隐而不露……

海飞有着惊人的创造热情，不倦不怠，不骄不躁。他笔下的英雄形象一个接一个，一个更比一个精彩。正因如此，海飞的每一部作品都不凡，无论在读者中间，还是影视剧观众中间，口碑都很好。这是海飞应得的，是他的勤奋的酬报。

一针一线，缝出人生的困窘和希冀

——读但及长篇小说《款款而来》

> 生活，绝大多数时候是无意义的。长篇小说模仿生活。
>
> ——威廉·特雷弗

创作中短篇小说，相对创作长篇，舒适得多。然而，创作长篇是挑战自我、驯服自我的一个过程，能培植胆识与耐心，绝对是有益的事业。

小说家但及擅长中短篇，1988 年至今已发表一百五十余篇。他的中短篇小说，像一幢幢房子，给读者留着窥探人性的窗口。从《藿香》到《雪宝顶》，我撰写了相关评论。二读长篇小说《款款而来》，再次为这部作品的力量震撼，觉得有些不吐不快的话，必须说出来。

《款款而来》讲述了一个老实人心灵深处的纠缠与救赎，同时涉及一座城市近半个世纪的历史。它像是一个容器，盛满看似无意义的小人物的生活细节，但正是这些生活细节的组合、叠加，让我们领会到某些人生的要义。

读者可以从《款款而来》主人公甘阿龙半个世纪的生活中看到一个普通人跌宕起伏、百转千回的心灵诉求。

小说诞生于作家对社会生活的观察和以敏锐触觉捕捉对阐释时代有意义的细节。但及既是甘阿龙、黄采莲、黄默默等人物的创造者，又是现实生活的复述者，也就是说，小说由已然显现意义的生活构成，小说家但及归拢、提炼了生活，让其意义更为集中、显明。

"往事涌来，几十年仿佛就在眼前，既触手可及，又源源没有尽头。"这是甘阿龙得知黄采莲去世后的自白，也是"款款而来"这一题名的来处和基本含义。但及借助这样的叙述抓住读者的情绪，掌控其阅读节奏，也让人隐隐感受到即将面对的蕴力。

《款款而来》至少具备两种核心力量，其一是人物塑造的诚实，其二是叙述节奏的诚实。

甘阿龙不同于文学中的异乡人、多余人、精神分裂者，他更像是继承了伏尔泰笔下"老实人"的基因。老实人是个沉湎于劳作的农夫，头脑简单，心地善良，胆敢爱上男爵小姐，因而被赶出府邸，他由此目睹了纷繁的世相。命运何其荒诞：他爱慕的男爵小姐，由于战乱而沦入底层，最终还是成了他的妻子。甘阿龙则是正直善良的裁缝。故事开头的 1948 年，甘阿龙跟着堂哥甘凤阳学习裁制旗袍，开启了他与春布坊半个世纪的因缘。甘阿龙的老实是底色，随着故事的发展，他的老实变得复杂起来，时不时显露出自私和狭隘。这种变化在于他灵魂深处的纠结与痛楚。我们不妨梳理一下他的爱恨。起先，甘阿龙做出了不老实的举动——县长夫人黄采莲到春布坊做旗袍，年轻气盛的甘阿龙揩了她的油。但及描写这个场景时，语言极其精准：甘阿龙"魂不守舍"，"按"了一把，相对于揩油熟手，甘阿龙的动作木讷而滞重；黄采莲的反应则是"转身，怒视，尖叫"，后来还"重奏教训"，看得出为人尖酸刻薄。老实人甘阿龙就此魔咒缠身，陷入无尽的"忏悔"之中。县长莫大伦被枪毙后，黄采莲也落魄了，甘阿龙屡表殷勤，终成姻缘。甘阿龙并无复仇之心，即使陡门洞房夜酒后吐真言，看出他的隐忍和压抑，他还是全身心地付出了爱。后来，当黄采莲被迫疏远女儿黄默默时，甘阿龙却能超越血缘，去无微不至地呵护养女。最终，黄默默生死一线，甘阿龙不顾一切去挽救养女性命。

从十八岁当上学徒，到古稀之年成为非遗传承人，甘阿龙经历了种种人生窘境和困境，但依然保持了一份赤诚。他曾如此渴望做一名好学徒、好丈夫、好父亲，为此付出莫大的隐忍堪为中国普通人的写照。但现实与人性都是复杂的，甘阿龙面对命运的捉弄，也曾越过道德底线，例如出轨红樱。恰恰是这次出轨，带给他巨大的精神压力。但及把这个老实人寻找内心平衡的过程，呈现得真实、细腻和生动，让他一次次徘徊于"老实"的边界，最终成为福柯所说的"求真意志"的化身。

除此之外，但及对女性心理的精准揣摩也在这部小说中充分表现出来。黄采莲的刻薄与放浪本是性情使然，而其遭际又将这种性格推上了一个台阶；黄默默因父母感情不和而内向、敏感，反为她成为诗人奠定了基础，而她与伟嘉的恋情，与方解放的婚姻，都带有鲜明的时代烙印；红樱大胆泼辣、雷厉风行，最后竟"用尖刀捅了她的丈夫"。甘阿龙身旁的这些女性，个性迥异、性格鲜明，命运令人叹惋。

但及的写作不同于先锋叙事，不耽于所谓现代性。他的叙事风格更接近福楼拜、巴尔扎克式的写实主义。即使在战线漫长的长篇小说中，他的叙事也始终保持着中短篇小说的丰沛激情，这也使得《款款而来》具有一种盛夏的蓬勃。

但及在甘阿龙半个世纪的心路历程中融入了时代的起伏转折，使个体心灵与社会潮流并行，且在每一个交汇点上，都恰到好处地融合了个人与时代的双重叙事。比如1949年甘阿龙的呈现与堂哥的退场，反映了社会构造的裂变；黄采莲的落魄与朱海的下海，反映了改革开放中的社会风尚；黄采莲的舞厅与默默的诗人圈，反映了两代人的精神关切；甘阿龙的卖房救女与黄采莲的皈依佛门，一成一败，暗合了经济浪潮中的迷失与回归。恰如小说家艾伟的评价："一个裁缝世家的横跨半个世纪的爱恨情仇，其中的忠诚与背叛、逃离与坚守令人印象深刻。但及心怀慈悲，既写出了人生的困境，又写出了人生的希望。"

最后，但及这部长篇小说的特色表现为：人物和故事都是矛盾体。通常这种特色更多在中短篇中见到。老实人甘阿龙正因为老老实实地面对内心，才懂得了世事的"分寸"；甘阿龙与黄采莲的爱恨里有深刻的人生矛盾；被一次屈辱摧毁的黄采莲堪称悲剧人物，她的爱恨源于命运的一次强暴；黄默默与伟嘉的爱恋既有历史性矛盾，又有现代生活本身的不调和性。诸如此类，一波又一波，矛盾生成又化解，再生成，让小说始终暗潮涌动。

对但及来说，《款款而来》的付梓是一次使命的完成，是一个神圣的仪式。如他在青海久治的那次登山：在一股决绝之气的鼓动下奋力登上某座山脊，将看到不同以往的风景。

小说的侧颜

——以但及近作《钟》《露天牌场》《石门湾》为例

我是怎么想到"小说的侧颜"这个题目的呢？作为一位中学教员，很不幸地，提到小说，就得中规中矩地讲"三要素"，仿佛不讲三要素，就不得法，就不懂小说，就不能教学生。事实上，人物、环境、情节这三要素早已沦为小说的皮。而我在写评论时常倍感掣肘，更常被人问及"这个小说写了什么""情节好不好看"之类的问题。该怎么回答好呢？其实，当下的优秀小说，"反情节"的不少，这与我们的现实生活波澜不惊是一致的。而小说不是知识，也不是经验。如今，小说的内部结构、人物关系、情境变化，它们常常超越小说本体的三要素，成为我关注的重点。

我与小说家但及认识已八年有余。他的脸差不多刻在我心里；他的小说，我也常读。可近来我竟对他的一张照片生了疑。我指的是但及新浪博客的头像，那张照片中，他站在尼泊尔某山峰上，手执登山杖，头戴鸭舌帽，看着远方。这是一张侧颜照。每看到这张照片，我都怀疑那不是但及，是另一个人。

由此我有了个发现：一旦认知固化，事物就变得无趣。同理，小说家若还只在人物、环境、情节三要素上倾尽全力，那么，写出陈腐之作的概率会相当高吧。小说家但及在创作时，经常不问来去，埋首当下。他的这种创作方向，就好比侧颜照，给我们启示。

短篇小说《钟》发表于《长江文艺》2022年第5期。不细读，很容易忽视"钟声"的存在。"我"莫名其妙接收了姑姑的遗产，在清风苑充满霉味的陌生屋子里打量墙上的旧照，一个声音响起——"突然地，屋子里发出一个声音，怪异且猛烈。当的一下，又当的一下，一个突兀的声音从后面响起，吓了我一大跳。原来是一只挂钟。老式的挂钟挂在墙上，发出自己的声音，仿佛正在提醒这屋子里的人。"每个读音"听"到这"钟声"，人生的虚无与孤独、世相的荒诞与荒凉，立时感同身受。

一开始，我读出了《我的叔叔于勒》的结构，若瑟夫的儿童立场，与"我"在童年时对姑姑的印象一致；当姑姑死亡，"我"通过遗书重新确立了与姑姑的联系，我读出了现实版《佩德罗·巴拉莫》的样式：小说以恰到好处的陌生感，复原了一个普通人的生活。一个女人，被尘封得太久，而"冥想即时间的终止"，"钟声"响起，唤起了死寂生命的价值和意义。

"钟"就是该小说的侧颜。经济萧条的背景，是另一个侧面。但及在塑造"我"获得这笔横财时，把"我"的生存境况讲了一遍：从五金厂下岗再创业，被妻子冷嘲热讽，内心失落……从"我"对姑姑的态度，可以发现两种生活观：一是利益至上；一是理想至上。追逐利益者占据了主流，而姑姑这样执着于理想的杂技艺术家是少数，可惜姑姑到头来理想也化为虚空。

但及尤其注重小说的气息。他曾说："我是一个痴迷旧物的人，经常骑着电动车去破落的工厂、老旧的理发店、荒凉的墓地寻找生活的气息。"在我看来，"身临其境"正是创作小说的必杀技。刊于《花城》2022 年第 3 期的《露天牌场》具有浓郁的底层生活气息，并写出了现实社会欲念横流的一面。故事发生在城乡接合部，这里露天牌场与花圈店相邻，花圈店生意惨淡，男主人单身，寂寞难耐，正在空虚之时，一个身段姣好、个性率直的外地女性进入了他的视野。他们的关系从借厕所发展到借钱。小说家试图引导读者观察社会与人生：陌生人究竟值不值得信任？花圈店老板将"弱者互怜"上升到"人性良知"，不仅送了外地女性美味的青团子，还给出了几万元积蓄。在所有人都确认他被骗时，他收到了来自四川某地的特产和外地女性的音信。即使将对善的信念丢在了露天牌场，良知还是应该坚守的。唯有善，能抵抗彻底的虚无。这就是但及想告诉我们的。

中篇小说《石门湾》发表于《青年文学》。故事发生在古吴越国的边界石门。伴随泥沙俱下的运河水流淌，一个救人与报恩的故事徐徐展开。这部小说的侧颜是不同人对同一件事有着完全不同的看法。被救者范明是留过洋的医学博士，救人者老木是犯过错误的糟老头。救人本是陈年旧事，因范明荣归故里，才重被提及。老木以为范明对自己心怀感恩，自己让范明帮忙提升一下生活质量乃情理之中。其实，他不需要钱，只想让这位干儿子替他整修一下旧房子，可以让自己亲情缺失的晚年得些慰藉。但范明并未意识到干儿子与干爹之间需要些实质上的往来互助，或许，他内心是鄙视这底层的糟老头的，更想不到该给予干爹与这个称号相匹配的某种关爱。读者或许会从这篇小说中发现：世间并无绝对的对错与恩仇，只是个人立场不同而已……

但及一直在中短篇小说的路上耕耘、精进，致力于开凿人性的灰色地带或隐秘空间。这种侧颜式的努力能令小说更立体，更撼动人心。

冰炭

—— 简评《春琴的岛屿》

读《春琴的岛屿》之前，我对唐顿一无所知。海飞老师说，唐顿是 90 后作家，这篇短篇要发《西湖》"新锐"栏目，要我为之配个短评。读完小说，我仍不知唐顿底细，然而这名字变得亲切了。《春琴的岛屿》类似于畀愚的《绝响》、但及的《藿香》、吴文君的《琉璃》，立足女性心理，以一种偏散文化的语言摹写作家的想象世界。

唐顿选择了某种宏大叙事，春琴这个人物，从她二十二岁当舞女时期写起，写到她像雪花一般消融，时间跨度达四十余年。这女子大半辈子都在寻求一座可以靠岸的岛屿。唐顿将社会节奏嵌入情感节奏，春琴与卢二、蔡国生、朱亮的情感纠缠，像她在情感旋涡中的制动装置，而推动并决定她命运的则是历史。

起初，这个一个女人和三个男人的故事并未说服我，毕竟，看了太多"新瓶装旧酒"的爱情小说，看了太多的乱世佳人的海上传奇。但读着读着，我就折服于唐顿处理意象、情境的驾轻就熟和处理复杂人物关系的游刃有余。

唐顿是注重细节的作家。她像诗人一样，为情感找寄托。雨、馄饨、毛衣是值得一说的。旗袍、胸针、牙膏、麻将等也值得说。

雨是春琴泪。这个女人不流泪，老天替她流。"她的目光就像长了脚的雨，湿漉漉地爬上他的裤腿，脊背，挺拔的腰线，那双率意清明的眼睛。"春琴是蔡国生的"欢喜"，蔡国生是春琴的"岛屿"。在特殊年代里，这一对男女情到深处，相对泪眼，无语凝噎。这份难以成就的爱，让烂人卢二消失在青黑色的雨中，春琴任檐头的雨水"滴落在她的半边脸上"。或许，这雨水里含有愧疚的泪水。朱亮出现了，像是"螳螂捕蝉黄雀在后"的黄雀，可谁又真是黄雀呢？蔡国生被枪毙那天，上海也下着雨，真是"屋漏偏逢连夜雨，船迟又遇打风头"。雨一直在下，在心里，春琴一直在哭，她将屈辱、感动与悲苦都压在心底，让那个强硬的外部世界在雨水中变得混沌一片。人是历史轨迹上的一粒微尘，太过无助。

蔡国生不能给春琴一个家，他只能带给她一碗馄饨，为她支付房租。简单、质朴的夏至是横亘在蔡国生与春琴间的银河。二十九岁的春琴重遇素玉，素玉已嫁为人妇，素玉像个蛊惑，让春琴陡然就无比渴望一个家，使她后来对朱亮升起了一种期待。可那件为蔡国生量身定织的毛衣，怎能穿在朱亮身上呢？

至此，我明白唐顿远不止是在讲一个女人的爱恨。她在创造一个属于春琴的异想世界。海登·怀特说："历史仅仅通过把纯粹的编年史编成故事而获得部分的解释效果；而故事反过来又通过我在别处称为'情节建构'的运作而从哪个编年史编造出来。"唐顿一定深谙编年史和心灵史的区别。她在小说里注入了历史与现实、情感与生命、人世与烟火。诗人米沃什曾说："我到过许多城市，许多国家，但没有养成世界主义的习惯，相反，我保持着一个小地方人的谨慎。"与米沃什一样的谨慎，让唐顿将一部长篇小说的食材，装进一部短篇，针脚般细密的意象严严实实，满满当当。她写出了春琴心中难以言喻的无奈与沧桑，太难得了。

依我看，唐顿或许有把春琴和蔡国生的感情恒定化的想法，但依据情节，又只能说春琴与蔡国生、朱亮甚至卢二之间的感情是等量的。或许，世间未必有什么真爱可言，有的只是时空中的相遇、分离。卢二是个烂人，烂到骨子里，"懒，酗酒，打人，抽鸦片"，讽刺的是，正是这个人把春琴从困境中救拔出来，给了她一个家。蔡国生对春琴的爱里夹杂着利用，很有可能他只是需要一个情人。他不能从那一段婚姻中脱身，不能进一步伤害夏至和两个孩子，最终他只能失约。朱亮是不是一个替代品呢？如果是，朱亮的形象就失去了生命。在春琴心中，朱亮那一句"等我回来"正是她想要而蔡国生偏给不了的。可以说，唐顿在处理人物感情时，拿捏得恰到好处，堪堪推动情节顺畅地向前滑行。

作为青年作家，唐顿能把他人故事和自我体验结合，在扎实考据的基础上，有条不紊地绘境、写情，将人物丰富的内心世界呈现出来，是很不简单的。这既需要想象力，也需要体察力。一望便知，为了贴近真实，唐顿在考据上下了功夫：云片糕、香云纱、乔其纱、掐丝珐琅彩别针、阴丹士林布旗袍，等等，都是引人入境的元素。春琴二十九岁时遭逢上海政府发布禁舞令，也是有据可查的。"1948 年 1 月 31 日，上海二十八家舞厅在新仙林舞厅召开了同业大会，会上听说已经确定了第一批禁舞的舞厅名单后，舞女和舞厅相关工作人员聚集前往社会局抗议。"唐顿在处理这个情节时，突出了春琴的痴劲。一向柔弱的春琴，在那一刻表现得无比倔强。"她抄起一把破烂的椅子，去砸二楼办公室的玻璃门窗，她朝窗外丢电话和文件，她突然清晰地记起来，在青岛的市立医院，她娘曾一字一顿地告诉她，叫醒这个世界需要声嘶力竭的号哭。"没错，春琴发狠了。这不是一个舞女的撒泼，而是一个女人的情感宣泄。至于朱亮，他的出现和离开也与上海解放的历史处处吻合。后面蔡国生被枪决、春琴入棉纺厂、春琴回到龙江路靠近六大埭菜场的弄堂里当电话传呼员，这些与人物情感共振的情节构设均有史实基础。

三读《春琴的岛屿》后，我甚至生出了幻听。起先，萦绕耳畔的是上海十里洋场的舞曲；而后，雨水反复涤荡，春琴的希望消减，苦涩递增，我听到了唐朝的琴音。没错，就是韩愈听过的颖师琴音。

一千多年前，韩愈听印度琴师颖弹琴，不等曲终，他按住琴弦，泪湿了衣襟："颖乎尔诚能，无以冰炭置我肠。"不知唐顿写《春琴的岛屿》时，心中是否回荡着这首诗？诗云：

昵昵儿女语，恩怨相尔汝。

划然变轩昂，勇士赴敌场。

浮云柳絮无根蒂，天地阔远随飞扬。

喧啾百鸟群，忽见孤凤凰。

跻攀分寸不可上，失势一落千丈强。

嗟余有两耳，未省听丝篁。

自闻颖师弹，起坐在一旁。

推手遽止之，湿衣泪滂滂。

颖乎尔诚能，无以冰炭置我肠。

（《听颖师弹琴》）

毫不夸张地说，《春琴的岛屿》以情韵续上了这千年绝响。音乐是介质，传递的是颖师的生命体验，春琴的故事也是介质，传递的是一位女性在特殊时代的特殊情感体验。无论"昵昵儿女语"，还是上海滩四十年的风云变幻，唐顿都给予刀刻斧凿般的力度。春琴经历了与蔡国生的分手，经历了与朱亮的分离，最终成为"浮云柳絮无根蒂，天地阔远随飞扬"的阿琴。

春琴在雪中起舞，恍惚中，似乎从纷飞的雪花中看到了自己曾经的身影，又依稀在弄堂斑驳的墙壁上看到了她爱过的人的影子。这个情节让我领略到唐顿抒情和绘境的力量。那影子绝非现实，又不全是幻象。这里是在舒缓叙事过程中积聚起来的情绪的爆点。接着，春琴在这快乐的时刻重重地摔倒了，记起了"你是我的欢喜"，对以"你一定是我的岛屿"。这个水做的女子，像一片雪花，消融于大地；像一把古琴，琴弦喑哑。

此时，我不禁要说："唐顿尔诚能，无以冰炭置我肠。"

春琴的故事结束了，结束在一场罕见的大雪之中。故事又开始了，在黄浦江边普通平凡的人们对新一天的设想中。这无疑是一个阿摩司·奥兹式的结尾：唐顿把小说进入现实的那扇窗再次打开。

隐形的文字写生者

——评罗海玲的长篇小说《守边记》

2021年清秋，我读到浙江青年作家罗海玲的中篇小说《女娲回忆录》，感于她塑造的安婷，急就一篇《求少女安婷的心理阴影面积》。时隔一年，罗海玲推出了长篇小说力作《守边记》。读完《守边记》，我为之一震：这部长篇历史小说的绘境能力令我震惊。"曲高未必人不识，自有知音和清词。"我自觉写不出"清词"，然而，《守边记》所反映的作者在长篇小说创作上付出的心血、取得的突破，又让我忍不住要写点什么。

关于《守边记》，我有一个看似矛盾的判断，那就是这既是一部碎片化的作品，又是一部反碎片化的作品。我做出这个判断，既考虑到了当今作家的创作生态，也在作品结构、语言和素材方面找到了依据。

我们身处的这个碎片化时代是否在我们的作品中留下了烙印？我觉得回答不应该是断然否定。既然写作时间和精力都碎片化了，很难说这种状况不会对作品的结构等产生影响。

《守边记》宏阔而细碎，不仅描绘了重大历史事件和皇宫贵族的生活，且涉及平民生活的方方面面。

在这座以宋元历史为材料搭建的迷宫中，有五位梁柱式的人物：年轻的木匠第五猗、有特异绘画才能的神秘女子迷失、迷宫工程的主导者司马呓、懦弱的皇帝和"隐形的文字写生者"。

木匠第五猗与画师迷失之间的爱情，是故事的主线；以宋度宗赵禥为原型的皇帝，代表着所有刚愎自用、欲壑难填的误国昏君；司马呓，如其名"呓"，是一个释梦者，文官和术士，心中既有对科学的执着追求和探索精神，也有迷信；最奇妙的是隐形的"文字写生者"，他在小说中是叙述者，一个杂家，也可以视为作者罗海玲本人。为何要强调这个叙述者？我以为，"淡化人物关系，呈现南宋文明"是《守边记》的特色。罗海玲有意识地将大量场景具象化，如皇宫、祭祀典礼、临安城市井、太乙宫火灾现场、钱塘江观潮、海上烟花表演、襄阳战场、迷宫、陆上丝绸之路、海上远征之路、蒙古公主远嫁伊尔汗国等。据此我认为，《守边记》或根本意不在写人，而意在写令人眼花缭乱的东方文明，像张择端《清明上河图》一般，人只是串起叙事，借以展示文明的珠子罢了。罗海玲很可能想要在世界文明的版图中展现宋代文化，因而是一种新历史小说写作。小说表现出"将中国融入世界"的一种历史视野，借助东罗马星相家、阿拉伯工匠、鞑靼人对南宋王朝的描述达成。

一旦选择淡化人物关系，人物精神面貌必然会削弱，也就决定了这是一部"向外"的小说。这就不难解释这部小说的某些特色：相对于艺术、历史和文明景观的宏大，人物是渺小而卑微的。

在太乙宫大火之后，司马呓一心想要建造一座迷宫，来为皇帝驱除疑虑，即以"遗忘之宫"驱除"皇权噩梦"。事实上这难以做到。毕竟，自赵光义之后，宋代的皇帝一个比一个怯懦，或者说不好征战。《守边记》中，樊城与襄阳失守近两个月，皇帝才从侍女的口中得知消息。宋度宗完全放弃了抵抗，陷入噩梦的轮回。正因如此，第五猗得到指令，重修太乙宫后又造迷宫，而后随军，造了弓弩、投石机，甚至还为自己造了一对翅膀，用以逃离被蒙古军队围困的城池。

读《守边记》，恰似观《清明上河图》。作者用了类似工笔的细致笔法，来描摹文明盛景，且古风盎然。比如，写到阿拉伯商人眼中"天上的街市"时，用了千余字来写皇帝的仪仗队；写到太乙宫大火，极力烘托其浩荡而不可阻挡；写到钱塘潮，犹如周密的《观潮》："江干上下十余里间，珠翠罗绮溢目，车马塞途，饮食百物皆倍穿常时，而僦赁看幕，虽席地不容间也。"

张择端《清明上河图》暗含"隐忧与曲谏"，对北宋社会的弊端多所揭露。罗海玲在《守边记》中也写了南宋社会的荒诞面，有"哀民生之多艰"的况味。她运用反讽和夸张，细节上适度变形，写出了那个时代的奇幻和荒诞。

创作长篇小说犹如攀顶，光那份勇气和汗水就很令人钦佩。罗海玲选择深耕历史，复现文明的奇观，更令人叹服。

历史册页里的想象地图
——简评周玥的长篇历史小说《蝴蝶刀》

比历史学家更精微的，是地图绘制者的色彩。

——毕肖普《地图》

历史是已成过去的谜团。但在小说里，历史并不离开，且赤裸而真诚。套用诗人毕肖普的话，我们或许可以说，比历史学家更精微的，是小说家的建构。因为小说家用文字、逻辑和想象重塑了历史。

周玥就是这样的小说家。其《蝴蝶刀》是一部始于历史、毕于想象的作品。

上海是作家地图上备受青睐的地点之一。1843 年开埠以来，上海成了华洋杂处、中西交汇之地，由一个普通县城成长为光怪陆离的国际化大都市。《蝴蝶刀》的故事就从这大都市一隅的万顺裁缝店写起。

小说中，周曼君的处境煞是煎熬：一面要与野心勃勃的日本人周旋，一面要承受不堪的记忆。

《借蛹》一章中，周曼君成为日本人训练的间谍。她与河村惠子之间的爱恨纠缠和暗战，满足了谍战小说读者的期待。尤其是"魔法包"情节的设计，让人想起眼下年轻人爱玩的消闲游戏，很是引人兴味：

> 三个月后，横山隆裕拿着一个"魔法包"邀请周曼君与他玩个游戏。他手里拿着十张中日双语的卡片，卡片上分别写着：悲伤、恐惧、死亡、武器、杀戮、爸爸、妈妈、书本、玩具、复仇。他让周曼君把不想要的东西放进这个"魔法包"里，它们便会永远消失。

在周曼君的心里，刻着国恨家仇。横山隆裕既如此细心教导她，她就苦练蝴蝶刀，想着终有一天能报仇雪恨。周曼君的命运恰如小说中那句日本谚语"樱花七日花吹雪"，这句话用做一个乱世间谍的谶语再合适不过了。周曼君一切的隐忍只是为了活下去并报仇。

《作茧》一章安排陈汝英和林玄同登台演出婺剧，而周曼君摇身一变而为阮青丝——阮青丝是这场谍战最大的谜团，小说后续情节正是围绕这一谜团展开并抽丝剥茧。

乱世中的女性除了承受生离死别等苦痛，往往还要面对尊严的丧失。阮青丝在青楼之中以身体为代价获取情报。同时，绝顶聪明的她也从纷繁乱相中看出了战争的端倪乃至结局。

周玥用"羽化"点明阮青丝的爱国意识的苏醒和生长。

在《羽化》这一章展开的还有阮青丝与应挺的爱情。应挺与日本人的博弈，既是政治的，也是情感的。横山隆裕和应挺对阮青丝都怀有爱意，某种意义上，他们都是情感的俘虏。简媜的正式登场加剧了紧张感。作为日本特务的简嫔身上同时具有阴冷和妖媚的气质。当所有人都掩藏自己的真实意图而加入斗争，小说的气氛陷入了肃杀。而一份价值五十万两白银的名单成为焦点，将共产党、国民党和狼子野心的日本人的斗争推到一个狭小的竞技场上，实在是考验人性的时刻。这是周曼君心理转折的关键。周玥将国民党军人应挺塑造为甘于为爱情牺牲的硬汉，应挺的内心抉择成为反转局面的关键。应挺出于对阮青丝之爱选择暂时做日本人的傀儡。

时间进至 1938 年，日本侵略野心暴露无遗，阮青丝的羽化或者说觉醒发生了质变。

周玥选择了虚实结合、感性与理性相融的手法，让其人物稳稳地立起来、活起来。在《飞舞》一章中，周玥展开了她的想象地图。

周玥让陈汝英演《三请樊梨花》，唱出主要人物的心声：

> 陈汝英大袍一挥，原地跑了一圈走场，便唱起了父亲樊洪和哥哥樊虎的戏词。阮青丝则扮演樊梨花和女婢铁珍，两人声情并茂地比画了起来。可唱到后头，陈汝英越唱越激动，他一字一句，铿锵有力，好像这场《三请梨花之劝父归唐》不是樊梨花劝父归唐，倒是专门唱给阮青丝听的。
>
> 樊虎唱道：哼哼，将计就计诱唐兵，要我归唐万不能。众三军，弓上弦，刀出鞘，在府门埋伏，待唐兵进关，杀他个落花流水。

未等阮青丝说出樊梨花"前罪未赎该万死，你竟敢又做背信人"的台词，陈汝英便抢快一步念出了樊虎的戏词：哼，事到临头起杀性，为报狼主下绝情。看剑！

阮青丝愣了一下，接着唱道：逼得梨花怒难忍，三尺青锋不容情。

阮青丝唱出"三尺青锋不容情"那一刻，读者能感到她的内心到达了沸点。在日寇残害、屠戮同胞之际，这个女子是否能按捺得住心中的惊涛骇浪？这一拷问实际在小说中一直处于中心位置。而陈汝英显然就是一位抗日志士，她的坚毅，她的不畏牺牲，此时毫不遮掩地熠熠闪光。一曲《西施泪》，唤起温馨的回忆；一首《热血歌》，为壮士招魂。

小说的结尾，周玥揭开了阮青丝的身份之谜。她不是横山隆裕深爱的石神里美，而是裁缝铺老板周万顺的女儿周曼君，她的家人在1927年虹口区石神家命案中全部遇害。而她以石神里美的身份潜伏在日本人中间，搜集各方情报，伺机为家人报仇。

周玥的《蝴蝶刀》，深得海飞谍战小说真传，无论人物形象，还是历史史实，抑或生活细节，都极缜密、细致。女主人公一人分饰多角，国仇家恨担于一肩，一朝羽化成蝶，成为照亮乱世暗夜的流星。周玥以她的文字为炬，使我们得以一窥历史册页中想象地图之美。

第三辑

出走与回归：指向生命的完整

——沈苇的生命诗学浅探

　　"出走"与"回归"是人类精神谱系中极为普遍的主题。在数千年的中国传统文化中，故乡是一个精神性的场所，是一个归宿的符号。时至今日，改革开放，引动数亿人的迁居，其内在精神价值有待细考。首位浙江籍鲁迅文学奖获得者、诗人沈苇，以拥有"两个故乡"为傲，他在一定程度上代表了大时代背景下文人的更高精神诉求及返乡以求圆满的轨迹和心路。其文学创作呈现出的文明对冲和勇猛精进，值得读者探究。沈苇在不同阶段呈现出的复杂心境，达到了过去少有的细致度和深度，极大地丰富了我们对改革开放背景下的中国人的心灵诉求的认知。

　　刘震云曾在小说《一句顶一万句》中，围绕着寻找"说得上话的人"（语言），让主人公吴摩西选择出延津、回延津。诗人沈苇为了诗学与生命的完整，在阔别浙江三十年后，毅然返乡。当然，此论中的返乡不能简单理解为 returning home——"回家之路"，返乡是与历史背景相融合的精神之旅。比如荷马的《奥德赛》中，因为战争而选择的返乡，回家的路程比较曲折，奥德修斯回家以后家里头已经大变。翻阅中外文学史，返乡主题被流散作家反复演绎、书写，如纳博科夫，年轻的时候就离开了俄国，而后转至德国，后来到英国留学，再后来又到了巴黎，然后到了美国。经历如此，心路如此，纳博科夫的文学主题中，始终存在一种乡情诉求；创作《荒原》的后现代派诗人艾略特，也是在英美两国之间流徙；波兰籍诗人米沃什，一生中四处奔波，竟不知自己真正的归属。

沈苇出生在浙江湖州练市（一个在《儒林外史》中多次出现的江南小镇），是地道的江南人。1988 年他毅然离开江南，奔赴新疆，在边地生活、工作三十年。2018 年，他回到杭州，任浙江传媒学院教授。著有诗文集《沈苇诗选》《新疆词典》《正午的诗神》《书斋与旷野》《诗江南》等二十多部。获鲁迅文学奖、华语文学传媒大奖年度诗人奖等。他的著作有鲜明的时代特征，无论是三十多年前的出走，还是而今的回归，都指向生命意义的完整。

出江南记

1988 年，沈苇离开湖州，去往新疆。其中缘由，值得思量。2015 年 8 月 19 日，"上海文学周"期间，我与文友王加兵从嘉兴赶到上海思南文学公馆，参与诗人沈苇的"《新疆词典》与新疆表达"品鉴会。主持人是上海交通大学教授、博士生导师何言宏。照例，沈苇头戴一顶军绿色帽子，留着浓密的胡髭，长相粗犷，似无江南人的气质。

是啊！一个江南人在新疆生活了三十年，一定会被异域的气质所感染。

但一出声，我们还是听到了沈苇的温和与谦卑，他身上仍有江南的温婉。在品鉴会结束前的问答环节中，读者抛出"为什么选择离开江南"一问。他答，想蒸发掉体内多余的水分，"保持蛙皮的湿度"（罗伯特·勃莱）。显然，这是一个诗意的说法，表明沈苇对地域的不同感受。

往深处讲，"人生如寄，多忧何为"，人要怎样活着才不枉在世间走一遭，这是一个大的哲学命题，古今中外，答案汗牛充栋。无论东西方的文明有着怎样的不同，都是英雄所见略同：人要有灵魂地活着，不可成为行尸走肉。诗人沈苇的自白：活出自己，活出陌生，活出辽阔。活出自己是很难的。沈苇在诗歌中说："我从未想过像别人那样度过一生"。作为诗人，他要特立独行，他不能浑浑噩噩，在游戏人生中任由"灵魂被抽走"。

青年沈苇逃离江南，在新疆获得了天山的奖赏。他以闯入者的身份，发现文化差异，写下截然不同的边塞风情。

1995年，出版诗集《在瞬间逗留》；1997年，出版诗集《高处的深渊》。始于生命勃发、青年力量、异域情愫、割舍过往，他在精神和地域的视野中开疆拓土，攫取异域天空下的高迈诉求，写下《一个地区》：

中亚的太阳。玫瑰、火
眺望北冰洋，那片白色的蓝
那人傍依着梦：一个深不可测的地区
鸟，一只，两只，三只，飞过午后的睡眠

这首诗获得的赞誉颇多。谢冕、张立群、汪剑钊、陈旭光等人都细读过。在我看来，《一个地区》这首四行短诗体现了沈苇早期的"词语瞬间"意识。毕竟，沈苇习惯了江南景物的细腻与区分度，他深知进入事物内部的捷径——把握瞬间，用词语留住感受。面对新疆的大山大水和中亚地域扑朔迷离的人文历史，沈苇用"接触法"感知异域风情，捕捉新疆带来的心灵震撼。

"中亚的太阳"与"午后的睡眠"相呼应，诗语宛如对子。江南游子以闯入者的身份进入中亚腹地，其心灵震撼不言而喻。他的视阈极速拓宽，沙漠瀚海构成了内心的辽阔，而观万物的主体如掠过梦中的"鸟"，陷入了"深不可测"的自由与深渊。生于江南、长于水乡的诗人，长久以来，被细腻的自然与密集的人居环境浸润，身上的水分过剩。一旦他进入西域，一种迷幻的抒情夺势而出。当然，沈苇是克制的诗人，他在保持"蛙皮的湿度"的同时，看到了文学中的地域性是虚拟的存在。正如他在《书斋与旷野》中所说："我突然厌倦了做地域性的二道贩子。"这显然是充满矛盾的判断，甚至是一次"地域诗学"的觉醒。他一度以为，走出江南，获得截然不同的地域资源，会让他的诗歌生发出更丰富的表达。当他的足迹遍布新疆时，他找到了诗歌的本体，即人。

毋庸置疑，诗歌一定有本地/本土特点，因为即兴、习性、语言环境、人性都与地域相关。沈苇厌倦的地域性是标签化的、坐标式的陈腐之物。这也是地域性或诗人本身的局限。真正的地域是突破时空的心灵诉求，它可以褊狭，可以辽阔，可以收放自如，但一定是自由的。更何况如今真正局限的地域是不存在的，因为它消解在每个人对本地性和人性的接触之中。而人对生活的感知和想象则构成了地域的无限。

关于人性高于地域性的主张，诗人沈苇在诸多场合和作品中都有提及，其《论新疆》就集中展示了此观点：

> "这种美味，出自何方？"
> 于是他们万里迢迢寻找新疆
> 像寻找一种食物、一剂药方
> 在一张公鸡地图上，找到一个尾翎
> 一不小心会越过俄罗斯到达北极
> 他们抱怨这里太冷，而公鸡下的蛋
> 一个古尔班通古特，一个塔克拉玛干
> 那里的荒凉让人绝望并且走投无路

必须承认，跨地域的文化碰撞会改变诗人的创作风格。无论是横跨英美的艾略特，还是流亡在外的米沃什，都有"综合抒情"和"混血写作"的特质。尤其是在叙述所见、描述场景之后给出的判断，令诗歌有了惊人的见地。细读沈苇出版的诗集《我的尘土，我的坦途》（新疆人民出版社）、《沈苇诗选》（长江文艺出版社）、《数一数沙吧》（中国青年出版社）、《异乡人》（北岳文艺出版社），我们可以发现，沈苇在走出江南的三十年间，诗意生活斐然。他全然变成了一个地地道道的生活化的诗人。沈苇在行走的过程中，新疆的山水待他不薄，他将天山比喻成书脊，南疆与北疆则像是翻开的册页，其中记述着丝绸之路的发展与变迁。如果沈苇是新疆的短暂过客，那么在他的诗作中蕴含的地域性一定是表面的，就像是去新疆旅行的游客一般，山水风景、风味小吃、民俗风情等都只是表面肌肤罢了。

中年沈苇视自己为真正的新疆人。我们从《新疆词典》《植物传奇》《西域记》《芥子须弥——柔巴依论稿及创作》等书中可以看到沈苇已经抛弃了客居者的身份，他的确没有做"地域性的二道贩子"。数十年间，他采撷的是新疆文化的精粹，甚至可以说，沈苇成为西域文化的研究专家。凭借着闯入者的比较研究视角，他对柔巴依的研究深入且精微。在千禧年前后，沈苇不仅凭借着自己的实力获得了鲁迅文学奖，而且对自己的诗学研究也日益自信。《正午的诗神》是一部研究西方诗歌的诗学随笔集；《芥子须弥——柔巴依论稿及创作》则从体式上确立了柔巴依的诗学地位和创作影响。

回江南记

沈苇为何再回江南，我妄加猜度：为了生命的完整。一度拥有两个故乡的沈苇，在阔别江南三十年之后，重新与故乡相拥，这是一次了不起的精神返乡。它具有典型而鲜活的力量。

江南，在如今人们心中，是温婉且富足的。经济相对发达的浙江永远是沈苇的第一故乡，有着丰富的地方风物和特色的民风民俗。这里有数不尽的历史名人，他们每一个人身上都有着丰富的文化资源。

在《诗江南》中，我们可以找到沈苇三十年后返回故乡的原因：游子归来，重新发现江南。《诗江南》是三十年"西域"生涯后，沈苇为自己第一故乡创作的首部诗集，重点书写江南的自然、历史、人文、日常、物事与人事，同时关涉诗路浙江、生态文明、世界丝绸之源、国家文化公园之大运河等方面的内容。江南在沈苇笔下是一个大主题，以小见大，以点带面，涵盖整个大江南地区。《诗江南》是诗人沈苇寻求写作转型和突破的又一次努力，继续践行他"综合抒情""混血写作"的诗学理念，从西域时期进入江南时期，与漫长的边地写作形成"水与沙"的互动和呼应，其江南地域性抒写，诚挚而共情，复魅而独异，呈现出耳目一新的去地域化风格特征。

阅读沈苇的诗集，总引起我对他年轻时的习作的兴趣。因为从《我的尘埃，我的坦途》中看到的诗歌，抒情性已经比较淡了。所幸，在《诗江南》的"故园记"一辑中，我找到了沈苇诗歌最初的模样。

二月银白的天空看上去有点肮脏
枝头小小的寂静在爆炸
道路在泥泞中挣扎、游动，奋不顾身
冰的骨头碎裂了，河水不是运走了苦难
而是运送它们去远方继续革命
当绿色如此肤浅而放肆地包围了大地
泥土深处土豆种子的嫩芽催促着
更深处黑暗王国的脚步
初春没有歌，我迎接的是什么
新的空气，新的爱情，还是新的厌倦

只有光，高大的光，赤裸的光

站在眼前，注视我们从噩梦中醒来

《初春》属于早期作品，其书写对象是原始江南。"河水不是
运走了苦难"，显然带有"如果继续赞美故乡，我就是一个罪人"
的反叛倾向。当诗人再回江南，那种青春的情绪消失了，他穿上
了印有"饮冰""太炎"字样的T恤衫；江南、新疆——冰火交加；
新疆、江南——水与沙的切换，找到了精神之源——江南。沈苇
在《初春》中，并未感到艰难的生机活力，并未感受到绿的围攻
是一种幸福，他从一种急切的渴盼中醒来。时隔二三十年，沈苇
再写故园时，一草一木，每一个人与每一粒微尘，都成了亲切的
代名词。

或许，这源自于生命的领悟与哲思，又或者是故乡真的在变
化。江南，始终是沈苇的根脉，也是他的宿命。

在"诗这里"一辑中，沈苇坚持用行走发现江南的诗意。他
围绕着"浙东唐诗之路"这条主线，将浙江的地域之美和江南的
文化底蕴融入诗歌创作中。

近年来，"诗路浙江""诗画江南"成为宜居浙江的一张名
片。在物质相对富足的当下，诗意盈满的生活一定离不开自然之
趣。诗人沈苇沿着"浙东唐诗之路"风景线，重新发现浙江的诗
意之美。他在2020年走了南北大运河，走了北京、山东、江浙等
地，在诗中写到钱塘江、西湖、剡溪、镜湖、天姥山，进一步扩
展了江南之美。必定是和他的新疆履历相关，沈苇笔下的诗性江
南多了一份粗犷、朴直的力量。譬如，"潮水如十万骏马 / 咆哮着

驶向章鱼和巨鲸的墓园 // 月亮与大江旷日持久的角力 / 快要解开地球淤泥的绳索"（《钱塘江》）。"骏马""咆哮""角力""解开"等词语都彰显出蓬勃的想象力量，而"十万""墓园""旷日持久""地球淤泥"则给人无限辽阔的感觉。

从诗歌技巧上考量，沈苇在重回江南之后，多了一层朴直的力量，我相信它来自新疆，源自柔巴依中古老的灵魂与江南乡情的融合。诗人用朴直的笔调书写江南的气息，从而获取完整的生命意义。

第二义

——读伊甸诗集《自然之歌》

在物质概念相对固化的年代，岛村抱月对自然主义的判断令我很受用。他认为所谓"真"，是自然主义的生命，是座右铭。诗人偏爱座右铭式的自然，伊甸的《自然之歌》就是如此。它是一本非自然主义诗集，它倾力探寻着自然的第二义，并散发着理想主义的光芒。

我对伊甸诗歌的阅读始于 2016 年。那年盛夏，我在《远方诗刊》中读到《在苦路》，内心一惊。那段时间，伊甸正着力体系化诗歌创作实践，以在场主义为试验田，创作了一批"此在"诗歌。读毕，我决意从侧面阐释《在苦路》，便写下《圣灵降临的叙事与精神倔强的骨头》一文。

当伊甸退休后，他的诗歌创作焕发新力。其诗语言纯净、意境开阔、铁骨铮铮。"之歌"系列，较之于"在场"系列，更关注心灵的真实。诗人将生活物象融入诗意想象，并赋形附议。他企图用诗歌为自然万物重新命名，因而蕴含变革的力量。

我把那么多的石头
——滚圆的，棱角分明的；冰冷的，灼热的

光洁的，缠满青苔的

道貌岸然的，桀骜不驯的……

全都搬入我的诗歌

我的诗歌常常沉重得

喘不过气来

我的石头远远没有搬完

（《石头》）

你以各种姿势闯入我的诗歌中

土匪式的，英雄式的，叛徒式的

妖精式的，精神病式的，哲学家式的

狮子式的，蜗牛式的，炮弹或者鲜花式的……

你到底是谁？

（《石头之歌》）

从《石头》到《石头之歌》，发生了怎样的变化？

一方面，主客体发生了移位。《石头》一诗，以"我"审视石头。形形色色的石头仿似多重生活和多维人性，让"我"的诗歌负重前行；《石头之歌》则以"石头"闯入诗歌的角度与心灵对话，探问本我与他者的关系。主客体以及本体与他者的对话，建构起《自然之歌》的创作形式。诗人站在平等的角度审视万物，"你""我""它"之间又有新的关系。

另一层面，《自然之歌》中的石头意象要形而上一些。诗人改变了原有的观察事物、摹写事物的写作技法，对自然之物进行隔空取物式的质疑和审视。这有别于自然主义和现实主义的真实，上升到理想主义的高度。

对于一个创作诗歌近五十年的诗人来说，经验是财富，也是局限，而最大的挑战就是如何通过自辩与想象达成观念上的更新。《自然之歌》的结构和细节都彰显了伊甸的创造力。

《萤火虫之歌》中的"磐石般的黑夜在小小的背上摇晃"；《白鹭之歌》中的"我该如何辨别沃尔科特的那只白鹭 / 张志和的白鹭，李白、杜甫、王维的白鹭"；《白桦林之歌》中的"一棵真实的白桦重于整个世界 / 被驱逐的索尔仁尼琴，他基督般受难的灵魂中 / 大片大片的白桦林在流泪，在嚎叫，在祈祷"……类似的金句，闪耀着智性光芒，也暗合写作者的诗学追求。

在阅读了"节气之歌"和"颜色之歌"之后，我有一个判断：伊甸深谙黑白之道，不善于刻画灰色地带。兴许，他不是一位现代生活的歌者，但一定是时代诗歌的在场者。以诗言诗——发现萤火虫微光的人就是盗火者普罗米修斯；辨识出白鹭翔集的人就是赋生命以动能的沃尔科特；被现实放逐的人就是文学艺术的良心索尔仁尼琴……

诗人不仅要发现生活的美，而且要体味疼痛。伊甸的《自然之歌》，并非是自然生命的释义，也非唯美主义的高蹈之作，它指向人类心灵与现实真相。

热血、骨头及山水

——评卢山的诗歌创作

凡一切已经写下了，我只爱其人用其血写下的。

——尼采

回溯并展望卢山的诗歌创作，如窥镜自视。当然，诗路千万条，我们每个人都走在自己的求索之路上。作为85后诗人，卢山因独特的漫游经验而显得坚韧早熟。作此评时，我有意将其诗歌中的地域特点及创作履历梳理一遍，以辨析他的诗学追求。

生于20世纪80年代的我们无法忽视"改革开放"带来的异乡经验。异域的感召，令诗人满怀激情，也正是这种迁徙令我们的诗歌在不断推翻中矫正、建立。近些年，卢山在杭州建立一个故乡。这既是归宿，亦是对人生的诗意延展。如王鼎均所说："所有的故乡都是从异乡演变而来，故乡是祖先流浪的最后一站！涧溪赴海料无还！"

三十五岁的卢山以一本《三十岁》作别过往。他又将拿出新近力作，以展露定居杭州的中年心绪和湖山馈赠，真可谓厚积薄发啊！历经偾张的青春、迷惘的青年、短暂的迷失，他得到诗神的眷顾。正如但丁在《神曲》中所说："在三十五岁那一年，我发现自己站在一片幽暗的树林里。"正是缪斯的引领，置身水泥森林的卢山才得以走出困境，收获了文学的硕果。他以诗为向导，在密集的语言丛林中，以旺盛的原创力对生活进行积极的探索。

卢山常说，诗歌的血不会冷，亦如他的生命，始终在闯荡与沉淀、故乡与他乡、固守与自由、现实与理想之间对峙、融合。他的诗歌技术有一大鲜明的特点，就是语言冲击力强，像是重金属音乐，具备撼动人心的力量。比如，"火车""盘踞"于"脊背"和"齿轮咬着肋骨"：

> 这几年我常常在梦中被一列火车惊醒
> 有时候是绿色的　或者是红色的
> 它盘踞在我的脊背上，齿轮咬着肋骨
> 呜呜的鸣笛声，在秦岭的隧道里一直没有散去

诗歌《三十岁》中的"这几年"，大抵指的是他来杭州工作、生活初期。2016 年，我与他相识，视他为知己，获赠他的自印诗集《最后的情欲》。窃以为，卢山为人、作诗都相当自由、硬气，他瞄得准、稳得住、有热血、有耐心。他对诗歌的追求执着而虔诚。同时，他还具备非常强的组织能力，在人生不同的阶段，他都组建了一些诗歌阵地。

2018 年，卢山邀我参与《新湖畔诗选》的编辑工作，他的信任让我深受感动。尤其是我们同为 80 后诗人，且兼事评论，有较多的共同话语。且我们都是异乡人，现定居于杭嘉湖平原，这让我们血液里的诗歌因子有些类似。2019 年，《新湖畔诗选》已

出三期，积攒了一些人气。卢山也正式出版了自己的诗集《三十岁》。手捧这本墨绿色封面的诗集，我发现其创作跨度很大。那些饱含热血的句子，诉说着抒情往事，指示一条自我求索之路。

的确，这个时代给我们以合理的焦灼、迁徙、激荡与辽阔。诗人卢山注重诗学建构，善于融合、锻造诗艺，将扎实的知识经验与生活阅历交融。他骨子里有着自由精神。其诗意从安徽宿州的石梁河出走，曾以海子为"我的王"，是为滚烫的青春之歌；而后在四川成都读本科，近草堂而现实，染莽汉之气；在六朝古都南京就读研究生期间，他与友人马号街等人创办刊物《南京：我们的诗》，与韩东、朱朱的"他们"相呼应；而今他定居浙江杭州，工作地就在西子湖畔，得人生领悟与山水惠赐，"开自由之风，向湖山致敬"。"我生乘化日夜逝，坐觉一念逾新罗。"不知卢山坐在宝石山观松鼠在晨雾中跳脱，是怎样的心境？他的未来，又会有怎样的惊人之诗？让我们期待吧！

卢山说，诗人是一种宿命，而诗歌是一生的事情。回到原点，卢山的诗歌启蒙与海子相关。1989年3月26日，海子在山海关卧轨自杀，年仅二十五岁。此后，海子和他黄金般的诗句，一直在天空舞蹈。生于安徽宿州的卢山，在高中时期，就阅读了大量的海子的诗歌。2014年3月，卢山和诗友到海子的故乡安徽安庆查湾完成了一次诗歌寻根之旅。

我们可以想象：如果海子活到三十岁，他的诗学世界面貌如何？那片五月的麦地上长出的芒刺，是否会像诗歌的太阳一般灼热？

我带着这样的想象，读卢山的《三十岁》，找到了个体生命对时代的设问："父亲，这些年你教育我成为一个真正的男人 / 你说，三十岁的牙齿要比二十岁更加锋利 / 敢于啃硬骨头吃螺丝钉，这是你教育我的方式 / 要让我成为另一个你吗？"

显然，卢山抛弃了虚无而敏感的幽暗之血，从父辈那里承继了粗粝与坚韧。这份诗意之光，指引他向前奔突。

> 十二月的天气已经在玻璃窗上写下斑驳诗句。
> 穿过风雪，我寻觅到铁轨旁的两株梅花
> 仿佛一位倒下者擎起的血红双臂。

> "大雪封山　生存艰难"。
> 我伸出手去触摸到诗歌的鲜血和
> 梅花的骨头。以及春天里的山海关
> 桃花插满土地。

"诗歌的鲜血"和"梅花的骨头"，好一对鲜活的意象。卢山总能在平淡的生活中找到诗意。他信服"有来斯应"和"不以力构"，循着不会冷的诗歌之血，随机孕育灵感。这首《车过山海关》写于 2009 年，诗人的思绪回到 1989 年的那一瞬，以想象重构海子卧轨自杀的一幕，用冷冽与炽热对抗，由"鲜血""梅花"到"山海关"的"桃花"，诗人将海子这位殉道者看作是诗歌界逐日的夸父，他的勇敢与献身精神，为后世留下一片"桃花"。诗人在最后写道："我的心陡然一酸：火车已过山海关。"此句落于个体感受。"已过"一词，恰恰是诗人对脆弱的一次挥手。

历经岁月砥砺，卢山的牙齿愈加锋利。从故乡走出，他在激荡的青春岁月反观流逝的时间，又确定新的目标。除了阅读《最后的情欲》《三十岁》两本诗集外，我专门去翻了他的博客。微信时代，他的博客久未更新，像海子去北京读书时带的木箱一样——那里存放着厚重的诗歌记忆。每一行文字，都记录着他的诗意日常。正如："这些年，每一次远行，在生活里翻山越岭／那路上的大河奔流，每一次沉默的哭泣／我所遇见的每一株草木和花朵／都是我写给故乡石梁河的情书。／／今夜，我要给我的石梁河写一封情书／我的二十岁的热气腾腾的成都、江南的燕子矶和望江楼／以及三十岁的宁静的西湖／——都一一折叠好放进这封情书。"

卢山的成长与成熟，抛弃了诸多语言上的虚无。他为了避免高蹈，有意地将语言坠入日常生活。而诗歌一直伴随着他的行走。较之同代人，卢山在求学期积淀下来的文学素养较为厚重。他身上的书生意气、硬汉豪气，化为一股冲劲，为他的诗歌之路铺垫了情感的基石。我第一次登门拜访时，被墙壁上悬挂着的情诗给惊到了。遂想起那句举重若轻的"腰间悬挂着一万吨情书"。眼前的诗歌赤子，竟然把写给妻子的情诗装裱并悬挂于爱巢。可见他的赤诚。又或许，在那一刻，我读到了卢山细腻的一面。

你说，睡前再给我讲一个江南的故事吧
我隔夜的胡须忽然陷入你潮湿的腹地

你少女的心事还搁浅在西湖的暗礁

我三十而立的航船已经驶入遥远的大海

　　不能说卢山擅长写情诗，毕竟他不是纪伯伦，不是洛尔迦，但卢山确实写了很多情诗。如《悬崖——致爱人》《雨》《西湖的情诗》等。爱情是人类文学史上永恒的主题，一部不朽的爱情诗篇如同一个动人的爱情故事，可震撼人的心灵，激发人美好的向往。同时，爱情诗或情歌也是人类文学史上最早的文学体裁。我们也应看到，富有特质的爱情诗是并不容易完成的，它考验着诗人捕捉现实素材的能力。卢山的爱情诗创作，巧用隐喻，令人读来韵味十足。在《小夜曲——给 HF》中，卢山尽显抒情本色，即物起兴，娓娓道来。"睡前再给我讲一个江南的故事"的请求尽显爱人的依恋之态；"少女的心事"与"三十而立的航船"暗含协和、包容之意。卢山的诗意人生源自于他对生活的发现。对于一个珍视生活细节的诗人来说，卢山的求索之路显得稳重又富有耐心。

　　为什么要阐释卢山的情诗？因为卢山诗歌的精细化处理，令其诗歌越来越有嚼劲。自身体验，我觉得三十五岁是道门槛。过了这门槛，中年的精神初露端倪，而人们对自然万物的感知愈发精细。"经海子、莽汉、民谣而成卢山"（马号街），不再局限于热血、青春、爱情、怀乡、矛盾、纠结。他敏锐地抓住了当代诗歌的抒情本色，结合人到中年的体验，将诗歌真正融入日常抒情的语境。

　　抒情诗人卢山是生长的。他总在不断反省自己，不断审视诗歌。作为新世纪汉诗发展的观察者和实践者，他倾力关注青年诗人的原创力。最可贵的是，卢山对现实的介入令其诗歌饱满又深刻。

显然，谈论《三十岁》及时下的卢山，湖山精神难以回避。当年轻诗人一头扎进美丽的西子湖畔，他是否有过迷失？究竟是他驯服了山水，还是山水软化了他？我依稀记得鲁迅曾说："至于西湖风景，虽然宜人，有吃的地方，也有玩的地方，如果流连忘返，湖光山色，也会消磨人的志气的。如像袁才子一路的人，身上穿一件罗纱大褂，和苏小小认认乡亲，过着飘飘然的生活，也就无聊了。"（川岛《忆鲁迅先生一九二八年杭州之游》）

刚入杭城的卢山，带着浓郁的异乡情愫。他反复提及的马塍路正是南宋时期的花鸟市场，时至今日，那正是弥漫着人间烟火的市井之地。他在《马塍路的夏天》中呈现出来的焦虑，正指向当下中国的新都市人的生存窘境。

> 当我闯入马塍路口的时候
>
> 农贸市场的火锅店
>
> 正煮着香喷喷的夏天
>
> 梧桐树一声叹息
>
> 吐出一个异乡人
>
> 检查户口！交出暂住证
>
> 人们用方言剥光我的衣服

"闯入"这个词暴露了诗人陌生的心理。志在四方的年轻人，获得一份较为稳定的工作，这才是自己支配生活的第一步。卢山到了杭州之后，写出了一系列关注底层人生活的诗歌。"梧桐树一声叹息／吐出一个异乡人"，诗人对穿梭于街衢的外乡人有了身份的体认。杭州的天堂之美对于尚未安定的年轻人，构成了一定程度的伤害，也唯有这份美丽的疼痛，能促其快速成长。

一定程度的外力撞击，有利于安顿灵魂。卢山正是在这种惶惑与辨认中，明晰自己对山水的愿景。近些年来，事业、家庭均稳下来的卢山，创作进入井喷期。像许多写作者一样，他在公文和诗歌间转换，白天是公务员，晚上创作诗歌。在这种忙碌而富有挑战的生活中，美丽的西子湖没能消磨他的意志。他由莽汉变成了硬汉，由游子成为赤子。其"深夜写作"，令我想起王家新的《尤金，雪》中的句子："一个在深夜写作的人／他必须在大雪充满世界之前找到他的词根／他还必须在词中跋涉，以靠近／那扇唯一的永不封冻的窗户／然后是雪，雪，雪。"显然，卢山在富有挑战的中年生活中找到了爱与担当的词根。"如中年人的叹息／满腹牢骚，能否兑换明日的早餐"，这就是一种中年的担当，亦是现实生活和写作理想之间的纠缠与对抗。

如今，我把卢山的诗歌创作定位在"硬汉写作"。无论是三十岁以前放逐青春的自由激荡，还是定居杭州之后的湖山苍翠，都贯穿着他"铁肩担道义，妙手著文章"的精神气度。在《三十岁》中，卢山已突破了青春写作的艺术方向，围绕着湖山精神而建立了中年硬汉写作的柔软之心。湖山、怀乡、血缘及纯粹的理想主义构成其诗歌的古典写意；现代、都市、体制及归尘的日常生活又反制抒情传统，由此产生泥沙与磐石、螺丝钉与骨头、爱情与担当……令其硬汉诗学日渐明畅。

我一口咬掉尾巴的时候

河流里的鲫鱼在喊疼

我用力折断肋骨的时候

田野里的一头牛在喊疼

我用刀切开翅膀的时候

树林里的飞禽在喊疼

在胜利者的餐桌上

河流、田野、树林和天空

在喊疼

近年来，我因参与《新湖畔诗选》的编辑工作，与卢山交流诗歌较多。尤其是 2018 至 2019 年，卢山的诗歌创作愈发精进。表面上看是写作题材的延展，实质上是语言内部发生了变革。比如《喊疼》一诗，依然保持着一贯的对垒关系，但形象推进、意象重塑，将生活的诗意层层展露。卢山运用"一生二，二生三，三生万物"的方式，一步步将都市生活的紧迫感表达出来。"在胜利者的餐桌上 / 河流、田野、树林和天空 / 在喊疼"，诗人感到现代文明与自然环境的割裂，由此产生的身心疼痛，不言而喻。所谓"胜利者"，是带有反讽意味的现实拷问——究竟谁是胜利者，谁又是被害者？

卢山的语言生发能力令其在诗路上不断地跃进，他以强烈的个体意识抗击着外部世界的挤压，血液、牙齿、腰间盘、骨头、脊椎等词语在他的《三十岁》中反复出现，由此产生的生命诗意，既是现代生活的超现实表达，又还原了个体生活的困境。由此说，卢山的诗歌表达自成体系，有较高的辨识度。在西湖山水的浸染中，他重新定位自己的写作人生。当我读到卢山的《登望宸阁兼怀文天祥》时，我发现他的语言愈发奇崛，犹如嶙峋的山石，冷峻而盈满。

> 暮色深沉如一位英雄的穷途末路
> 头顶的风铃忽然陷入某种神秘的沉默
> 我们都将进入神剑更深刻的一部分
> 城下十万灯火，望宸阁正襟危坐

望宸阁是一座典型的南宋式样仿古楼阁，位于杭州半山公园。卢山领着"新青年"的诗友们登临此处，读诗怀古，有感而得。无论是怀古诗，还是采风诗，都是极易陷入虚空的。卢山对该事件的重构，曲直有度，兼及抒情与叙事。尤其是在词语推进时显示出来的思维品质，正是诗人独到而深刻的发现。"暮色深沉"与文天祥的悲剧命运相吻合，诗人将沧桑历史融入现实情境；"更深刻的一部分"是语言，亦是思想。卢山的语言触须已经深入思想内部。他的身体为凡尘折损，又为湖山补偿。卢山诗歌中的情感，正是现代都市人沉醉于湖山的美好而苍凉的感受。

梁实秋在《新诗的格调及其他》中说："自己创造格调，创造出来后还要继续的练习纯熟，使成为新诗的一个体裁。"经过十余年的探索，卢山把自己的诗意归属在宝石山旁，其颅内的血、骨与湖山精神交汇，形成属于我们这一代人的精神徽章。

生命不止，运动不息。在卢山的精神世界里，确有当下青年诗人所不具备的硬朗与纯净，有时，它们就像是自然中的山与水。说实话，我们总在讲"天人合一"，但碍于人的视野、性情及时代的遮蔽，在抵近山水与命运的途中，众人及众神都走在迷失的道路上，反之，深陷尘俗，抛弃成见，又"鸢飞戾天""经纶世务"，并最终达到一种平衡，是山水的馈赠，也是人性的勘探。

山川湖海，绵延万里千年而不止息。清代文人张潮曰："文章是案头之山水，山水是地上之文章。"卢山以他的躬行，延展了他的山水之路。"十八岁出门远行 / 二十岁入川读书 / 二十四岁金陵深造 / 二十七岁谋生杭州 / 三十三岁远赴新疆"（《远行》）。

在繁忙的工作之余，诗歌成了拯救之物，它像一枚枚钢钉，钉在时间之柱上。2021 年《宝石山居图》的出版，标志了"杭州三部曲"的完成，也意味着卢山两年的新疆之旅启程。

《湖山的礼物》我得书很早。如果记忆没有出错，那是 2020 年的 11 月，浙江省文学院举办了一次"新荷作家"研讨会，《湖山的礼物》为研讨班学员自学书籍，我第一时间拿到，甚喜。见书如见故人，读诗如见湖山。致电祝贺并感谢收录拙评后，我跟文学院创联部的梁怡老师说，我想多要十多本。第二天一早，我带上《湖山的礼物》，骑上单车，从湖光饭店出发去宝石山，在那里读诗，拍照。深秋之晨，梧桐黄叶铺地，西湖水如新磨铜镜或上帝的眼眸，宝石山俯瞰湖水，上帝俯瞰宝石山，而共享单车车筐里躺着卢山的新诗集。它拥有诗的温度，诗拥有人的气息。

读了这么多的诗集之后，我认为"真诗"是 37℃，是人的体温，是热血的温度。

于是，有了当天晚上的"云水涧"聚会，也可以说是《湖山的礼物》的首发式，当然，主角卢山远在新疆阿拉尔的办公室内忙于公务，我们在这边围坐谈诗，出席者有陈律、余退、北鱼、萧楚天、以薇等人。我们手执《湖山的礼物》，遥祝卢山兄大作出版。

每次登宝石山，我都会想起卢山，想起他的《宝石山居图》，想起他沿着宝石山的台阶拾级而上，而林中橡树的果实在秋色中爆裂，地上落叶已为橡子铺好被窝。

> 今年三十三岁，多伤时感事之叹
> 却不想说，不愿说，或者不能说
> 仿佛我一生的话已经说完
> 仿佛一只大手按住了命运的琴弦
> 一座千年的保俶塔
> 它的发言化为宝石山
> 巨石般的沉默

丰富的履历、敏感的心灵决定了卢山超乎寻常的成熟，他的抒情具有普希金式的赤诚和忧郁。宝石山上的石头，被时光中的旅客反复砥砺，石头静默不语，如时光与人。"仿佛一只大手按住了命运的琴弦"，至少在那一刻，世事如磐，命若琴弦。

或许是出于生命的意义，或许是因为"俱怀逸兴壮思飞"，卢山觉得宝石山和西湖正在日益遮蔽自己："案牍劳形，腰肌劳损／步步紧逼。遥望宝石山／黄昏浩荡如小皇帝的大好江南"。

2020 年 9 月，他选择远调新疆阿拉尔，再一次在山水中打开自己。

中年人满腹牢骚如西湖的潮水惊涛拍岸

盛夏蝉鸣闹心，莲子汤不可得

不如贪吃几串抱朴道院的臭豆腐

吟诵《将进酒》和《行路难》

沿着宝石山曲折的石级

摘取保俶塔顶尖那无限永恒的秘密

当我一个转身，登上了西去的云层

翻越一座白雪皑皑的新大陆

降落在塔里木河畔

我写诗，天山赠我一轮王昌龄的月亮

在深秋的湖畔，我与几万棵

老不死的胡杨抱在一起痛哭

"一个转身"，细腻温婉的江南变成了粗粝辽阔的新疆，《天山之夜，寄宝石山》记录了他刚到新疆时的惶惑。好在自然不亏待任何人，王昌龄的边塞月照临至今，卢山一次次坐在诗歌的对面，用词语洗涤蒙尘的心灵。

山是一种高度。天山则是新疆的书脊，在南疆的册页里，卢山将自己的野性生命融入了异乡的风沙。"心爱名山游，身随名山远。"卢山的诗名传布天山南北，我认为是他与新疆相互成全。

在新疆生活的几年里，卢山继续构建他的山水诗学，并获得了一种人与自然高度融合的诗性精神史的品格。凭借着独特的异域诗歌审美创造，他登上了《诗刊》头条，成功入选第三十八届"青春诗会"、第十二届"十月诗会"，并出版了最新力作《将雪推回天山》。

正如他在《天山赠我一轮王昌龄的月亮》中所言："我为存在发言。我的存在就是我的风格。地理位置的转变、风俗环境的变化，势必会对一个人造成潜移默化的影响。尤其是对于一个写作者而言，山水、人文、风物、经验都会促成新的视野、刺激新的体验、形成新的诗歌美学。我显然是巨大的受益者。"

我们曾多次讨论诗歌与地域的关系。卢山意识到写作资源的重要性，让天山之脊与自己的脊梁相叠，他内心的册页又加载了一部西部文明史。

1

在苏巴什佛寺，我们置身于风中

石头推动着石头，云朵搬运着云朵

佛塔、庙宇和洞窟被风推倒、吹散

数千年来，断壁残垣在时间的剥蚀中

雕刻一枚枚虚无主义者的印章

2

北风翻越天山，吹干了库车河

碎石堆中，芨芨草、麻黄和骆驼刺

成群结队推开寺庙的禁令

追随造访者的脚步，仿佛要倾诉

数千年前驼铃和丝路的故事

3

在西寺佛塔处，一位古龟兹美人

长眠地下。若忆起女儿国的伤心往事

晚风能否吹干她深埋地心的眼泪？

博物馆里，一堆碎骨头比负心人的誓言

还要轻薄。仿佛她只是将肉身寄托于此

她的魂，追随长安而去，流落风中

4

风声不止。锦残片和古钱币破土而出

圣谕、波斯语、诵经和胡琴的交错声

被库车河水吞没。我们贴着石头倾听——

此刻，黄昏翻动着《大唐西域记》

一位僧人将一个古老的中国

放置于苏巴什佛寺的风中

　　生命，语言，诗，有没有内核？依我看，没有。我们都在剥着虚无主义的洋葱。

　　卢山兄的诗路属抒情一脉，属摇滚一派，属以血见性的侠士之风。不知未来，已知未来——诗歌的血永远不会冷。

　　《苏巴什佛寺的风》一诗分四节，像一个洋葱。卢山站在苏巴什佛寺的遗址上，风呼啸而过，穿过断壁残垣，穿过诗人的身体，穿过内藏江河的灵魂，势必发出鸣音。寺庙香火已灭，丝绸之路的商队走在天上，胡琴与羌笛喑哑。我们能留住什么？诗、语言、生命在风里回溯、翻腾、沉寂，又或轮转。

在诗中，我们领略了异域风情。看芨芨草、麻黄和骆驼刺在漫天的黄沙中活得各有尊严。我们看见一块块语言的方砖，垒砌成古老的女儿国的城墙。古龟兹美人从历史故事中醒来；商队在骆驼的颈铃声中醒来；鸠摩罗什在出走又回归的生命圆圈中醒来……丝绸之路上的文明顿时活了起来。这是东西方文化的交汇地，是中华文化海纳百川的枢纽。

显然，这不是百度百科式的苏巴什佛寺。知识只有与现实连通，它才有价值。卢山借助《西游记》中的女儿国、《大唐西域记》中的东女国，解构了文化底蕴深厚的苏巴什佛寺。

值得一提的是，"风"这一意象贯穿诗、历史、时空、生命。当我们围绕这从亘古吹向未来的风旋舞时，我们看到了诗歌的本质。

《将雪推回天山》的独特之处，不止在于异域特色，更在于卢山于山水诗学的精进。其诗语言豪迈，抒情酣畅。他不在词语转机处雕花，这同样符合他把命数与山水融合的诗学追求。山是硬汉，水是柔情，我以为，这是卢山一直在寻觅的诗学之根。

> 在梦里，再次见到了我的奶奶。
> 她变成了一棵树，站在一片白茫茫的雪地上
> 说，我的山哟——

你怎么突然跑到这么遥远的新疆去了呢?

万里之外的石梁河永远都不会结冰。

塔里木的冬天比我的坟墓里还冷,

让我再给你暖暖手吧。

她就紧紧握着我童年的那双红肿的小手,

一直等到这棵树发芽开花,

天山的雪融化成我归家的河流。

　　自然的河流,生命的河流,时代的河流。卢山以其独特的履历,呈现了一代人的游离与回归。当天山之雪消融了梦境的温暖,重返石梁河的精神之源,成为其诗中柔软的部分。那温热的词语,才是诗人赋予山水的体温。

在世哲思与通灵汉语

——评麦须的诗歌创作

我为什么要写下这孤独

又是什么引导你

忘却这冰天雪地的生命

我有的，只是受困的残喘

　　麦须这首《冬日卜辞》，用精纯的汉语交代了他的写作动机——忘却生命的痛楚。这是多么高贵的想法！二十年前，他是一位文学青年，曾有一段时间下海经商，但始终忘不了诗歌初心。近些年，他强势回归，阅读与创作齐头并进，尤其是2022年，结集出版了《所有的船都驶向明天》，且在《江南诗》《文学港》《草堂》等刊物上发表组诗。近期又结集《温暖而荒凉》，该诗集分为六辑："我们住过的人间""蛙""我买了一架望远镜""沉思之踵""空房子""钢铁摇滚"。

　　毫无疑问，麦须是位注重日常的诗人。"我们住过的人间"指向日常；"最重要的事"竟是"吃一根棒棒冰"；反复被提及的竟然是"小灰"。当诗人看见狗在草丛里撒欢时，他获得一种自然之乐——"多么好！这世上 / 已有的还有的快乐的快乐们 / 节奏里有蓝色四溅的阳光。"这不仅是个体生命的乐趣，更是人类的共同经验。麦须总能在闲笔中找到精粹，仿似在茫茫人海中萃取生活之盐。

> 那时木槿树还没有长高，他写道
> 像移动的时光
> 他和她牵着小灰
> 谈论着寻常的话题。一条鱼游过来
> 在傍晚的宁静中捕捉星辰的轨迹

麦须擅长采撷日常之物事，置于洁净的语境中，有"四两拨千斤"的功力。即使世人看来是"寻常的话题"，他也能捕捉到诗意，用以重构生活，让生活变得鲜活明亮。思想犹如"一条鱼"闯入"星辰的轨迹"。这由地面升腾的意识需要钢铁般的语言来支撑。我们看到夜幕降临时思想的火光在喷涌。那是诗歌的源头，是诗人流动的血液。在麦须诸多诗作中，《身后纪》是我一读就喜欢而难忘的，因为它的"反向结构"，也因为它直指生命的本质。我曾在《残损的时间玉璧——读嘉善诗群十人近作》中评价麦须：麦须的诗歌语言节制，有剔透的丰盈；场域开阔，有主客体互动；思想深刻，有智性的火光。《身后纪》是一首典型的跨越时空的诗歌，写死后可能发生的事情。诗歌以西班牙诗人洛尔迦的名句"圆盘上，石头星辰，以十二个飘浮的黑色数字彼此冲撞"结束。这一句恰恰是虚拟时间的"绳头"，正如洛尔迦在《时钟的停顿》中所写："我坐下 / 在一个时间的空间 / 这是沉默的 /

回流。"麦须的创造，在于将未来的一万年装进了"玻璃容器"。

近些年，麦须得空就外出走走，像他这样才思敏捷的人，不可能对风景无动于衷。于是，新诗集收录了许多采风诗。行走在诗性的江南，水的智慧浸润他的诗篇。乌镇、海盐、吴江、松江、西塘皆入了诗。诗人所到之处，所见之景，所思所感，融汇成一首首游记诗。我认为采风诗、游记诗和地理诗有着细微的差别，前两者相对较浅，目的性较强，对所游之地多赞美，而后者则有更为宏大的时空观，譬如毕肖普的"地理学"。有意思的是麦须的编排，他在诸多采风诗之后，加入一首《蛙》作为总结：

我只想在这儿

哪儿都不去

就坐着，在井里

或是哪儿都想去

只不停下

就跳着，在别处

无论如何

黄昏的巨大脚印

都会踩上我

无论如何

深潭里行走的云

都在望着我

　　端坐如行走的我

　　因为《蛙》，麦须的采风诗得到了升华。这是"此处"与"他乡"的地域思辨。"端坐如行走的我"正是萨特的存在主义。在麦须的思想中，存在与虚无问题占据了重要地位。"存在先于本质""他人即地狱"，诗人自嘲为"井底之蛙"，无论世界如何辽阔，都难以干扰"蛙"的存在，毕竟，"蛙"是主观意识的存在。然而，当你把思想放置在更大的容器里，行走的肉身永远跟不上主观能动的思想。

　　麦须的诗歌尝试用语言打破时间和空间的壁垒，从而建立属于自己的诗学空间，有明显的萨特意味。萨特是20世纪声名显赫的哲学家，他的经典著作《存在与虚无》也是许多诗人的必读，诗歌的精神底色之一。依我看，麦须的驳杂阅读确实影响了他的诗歌创作。继《所有的船都驶向明天》之后，其语言厚度和思想高度，又向前迈了一步。其中，一个重要的标志就是情绪介入之后的动能推进，表现出"在世"之思。

　　当我认出她时
　　她身上的所有部位
　　都开始往下掉
　　东西

一串葡萄，一枝玫瑰

连衣裙，毛绒玩具

发卡，遮阳帽，摇头电风扇

夜晚，草屑，露水，雪珠

《尘埃博物馆》是一首以虚无反讽现实的时光之诗、生命之诗。它从现象学的角度阐释自己对生命的理解。在即时之思中，诗人找到哲学的注脚，这才是真诗。比如"博物馆""摘果器""望远镜"……麦须从日常语境中撷取瞬间，将思与诗汇聚在词语中，而令人惊奇的是——麦须总能找到具体的生活情境作为容器，以表情达意。由此观之，其诗绪的本质在于它是有意识的生活实践和语言实践的统一，其表达通过诗人经受着自身对世界设定的新的性质，是对现实世界的转换和虚化。是啊，谁的人生不是虚无大于现实呢，更何况诗人。

在绍兴的青藤书屋，我与麦须一起品鉴徐文长的书法。"几间东倒西歪屋，一个南腔北调人。"我们一致认为，这位让齐白石甘愿为门下狗的大师，其最高境界在于狂放与自由。当我们坐在青藤书屋的青石凳上谈论诗歌语言时，我说我的"散文化步调"的诗歌语言和他的"通灵汉语"算得上殊途同归。毕竟，条条大道通罗马，有的诗歌的语言机变来自于词语内部的碰撞，有些空灵之诗的机变则是意境上的空灵。麦须选择了"通灵汉语"，他执着于把日常词语组合并创造出个性化的表意。从结构变化和凝练度来看，他的诗歌语言有着策兰式的精准与奇崛。

如果沿着边缘

将白昼以外的阴暗部分

裁掉

或者把夜晚

尚余一丝光亮的部分

裁掉

  关于汉语的通灵，诗人骆一禾曾在《美神》中阐释道："诗歌之垂直是未竟之地踵身而下，进入我们的渊薮。它是称为'上帝'和称为'本无'的本体的通明。"麦须的《沉思之踵》只有两节六句，音步轻盈且与结构互释。他的沉思像是一幅太极八卦图，黑白相间，你中有我我中有你，却捕捉到昼夜的形体。两个"裁掉"则具有神力。类似这种精神之光再现的神来之笔，麦须有很多。时而捕捉"气息"，譬如"只是 / 一张画满符咒的黄纸 / 燃烧之后的 / 气味"（《灵魂》）；时而读诗"见思"，譬如"那只是一行 / 雪地里 / 渐渐消失的脚印"（《读诗记》）；时而"隔空取物"，譬如"这很划算 / 仿佛是买了一整个世界 / 清晰的，触手可及的 / 在几块玻璃之后"（《我买了一架望远镜》）；时而读书沉迷，譬如"阳光投进来 / 落在纸上 / 别的都变暗了"（《阳光》）。凡此种种，皆显示出麦须的静气和直取生活诗意的能力，他不喜欢"众口铄金"，却偏爱"点石成金"。这样的诗行，有着俳句、截句的纯度，突出表现了他对黄金般提纯之思的倾注，从而呼应了他诗歌中的"在世哲思"。

归根结底，"在世哲思"与"通灵汉语"在于"诗是一切的自由"。无论是写什么还是怎么写，无论是写给读者看，还是为神而作，都必须回归语言本身，让诗歌文本自己说话，自由地进入无我、无物、无思之境，从而自主显呈万物有灵的本质。这大概就是韩东所说的"诗到语言止"。

诗其意思，自辟乾坤

——评严彬诗集《献给好人的鸣奏曲》

严彬的诗歌有显露在水面的部分——死亡、孤独、欲望、困境、颓废，以及爱，但更多的是内在的节奏与情绪的高度统一。那种不可名状的事物内部节律与当下的生活，甚至是当下中国诗坛的节拍感是难以吻合的。由是，"严彬体"的诗歌显得别具一格，不协而鸣。

他剔除慢节奏抒情诗的心灵鸡汤式的烹煮读者，毕竟在"调味料"时代，烹饪心灵变得不切实际又晦涩无力。

他选择叙事切面，单刀直入解剖细胞内核，让雷同的世相表层下的微事物发出耀眼的光芒。

他不管不顾地踩着内心的节拍，唱着孤独轻盈的歌谣和愤世嫉俗的摇滚，时而自怜，时而谩骂。一切都指向心灵局部与理想宇宙的悖论。

是，难以名状。还是，山中磬音。

好人可选择倾听，倾听可局部共鸣。他以断裂的想象，捕捉转瞬即逝的曲调，窃听世人的孤独，也听到了诗人自己的孤独。

先说说局部吧！

已经写出全部的诗了

我给它们按悲伤排序

以植物的颜色为它们

依次命名，有时候干脆叫《日记》

允许它们在同一口池塘里洗澡

——没有风，没有灯塔

天亮时它们逐一上岸

已经是秋天了，没有衣服

南岸的连翘最漂亮

我们坐在河滩上，依次渡河

活下来的将拥有剩余的季节

拥有母亲的终年

成为一家之主

开满单色的花

（《诗人》）

  我们的当下的诗歌，或者说经典的诗歌，是有轮廓的像诗之诗。如此，诗人们都在重复制造诗歌，用旧瓶装旧酒，自以为是陈年佳酿。严彬追求写不像诗歌之诗。他在《诗人》这首诗中，用到了两次"依次"，这是诗歌讲究秩序的表现，也因为这种秩序，诗歌早已被写完，剩下的所有诗歌只是单色的花，又何来奇异芬芳呢？

  正因如此，"世界真的很大吗？／不，比如侯马只用一首诗就

写下了 / 半个诗坛"（《歌颂兰花草的方式》）。

诗歌不是道德审判和道德传播的工具，它是别致的存在，是合理的歪曲，是生活不可预想又鲜活至极的客观怪兽。在这咨讯满天飞的时代，孤独显然是一个不言而喻的兽。

> 孤独有孤独的影子
>
> 孤独是女巫而不是鬼魂
>
> 有一份工作只能做到天亮
>
> 拎着水桶擦孤独的影子
>
> ……哦，谁又能真正懂得
>
> 伤心时我就种一只麻雀
>
> （《伤心时我就种一只麻雀》）

一只"比布谷鸟更为多嘴的麻雀"，就像诗人一般，内心的声音在嘈杂的时代显得愤愤然，知音难觅，只能顾影自怜。真正的诗人，是不惧这份真孤独的，倒是更惧怕圈子运动后的落寞与忧愁。"女巫"比"鬼魂"更原始，更亲切，更接近灵魂。世人大抵只是看见严彬在诗歌中站立的"孤独之树"，用尽一切力量，仿写虚无的孤独，而诗人自己的孤独则是"真实如麻雀"，游离而琐屑，纷乱而无奈。

凡是摆出姿态和架势的写作，多为通向虚伪之作。

严彬被生活切面所打动，进而有感而发，写出截句。这或许就是他的那点伎俩。也是霍俊明所说，"严彬是时刻活在诗歌状态里的诗人。"

我比你早一天看到大雨将至，看到黑幕下
一生分到的字符，全是我的命运

为我打开第一页，为我将一段平常的话分行
带我成为诗人，找到我的爱人

我比你早一天接触粮食，遇到我江南的父亲
我将江北的一对仇人留给你，你因不幸而降生

正如第三页所写的，我比你早一天看到
人间的大门。我用一生的最后几个词和你说再见

（《一生》）

诗人是先知。纪伯伦或许也这样认为。而践行在日常生活里寻找诗意显然是一种浅薄的悖论。但人的一生就是在期盼中得到几个词的感受。那么这几个词是什么呢？当死亡关上人生的大门，关于生本能与死本能的真相就毫不吝啬地跳出高墙，而这些，诗人早就在琐屑的诗意里预见过：死亡、孤独、欲望、困境、颓废和爱。

构成严彬不像诗之诗的元素，除了他对灵魂的开凿、异常截面的拣择之外，更是通过跳脱的语言和独特想象经验嫁接而成。

读诗解诗之难，即在于此。传统写作观念里，对于上乘的诗歌写作者，"怎么写"这个问题是体现技艺的。想象、伏笔、联

想、造境、藏拙、露痕、蕴理、押韵、用典等。破立之间，诗歌可以是一场技术的比拼与炫耀。

严彬的诗歌有意规避炫技之法，却也有着内在的节律和想象，其活力拒绝条框，随性而跳脱，尤其擅长对微观世界的精准描写。基于对世界内部的探询而得出的自我认知不仅是严彬个体，也是人之共性，时代之特性。

> 我没有去过壶口瀑布，不会开车
> 路过商丘时我没有下车，也爱提梁卣
> 经过山海关时我没有去老龙头吹海风
> 我有三个情人，常年住在昌平
>
> 现在我有许多心事，我没有去耐瑞特瓦河
> 整个七月只做过一个梦，昨天晚上
> 我的阳具曾四次清醒，你对他说"坏家伙"
> 但我没有坐火车经过陇海线，石头的阴影下沉
>
> 我有金银，会造些桌椅
> 麻雀飞过十二孔桥，打开医院的窗户就能看见
>
> （《尤兰达·卡斯塔纽》）

这首诗明写西班牙诗人尤兰达·卡斯塔纽，暗写海子的生活。透过严彬的诗句，海子在昌平的日常生活与山海关自杀事件、与尤兰达·卡斯塔纽的恶命运相呼应。海子自杀是欲望囚禁者的悲

剧，而尤兰达·卡斯塔纽则让欲望播撒在《托尔斯泰花园的苹果》里。不言而喻，这样的诗歌的信息量太大，比海明威的藏谜小说还要神秘，毕竟，诗人将看似毫无关联的事物，通过读诗之现实情景，以欲望为核心，联系在一起。

其中，有自我主体的介入，也有诗中藏诗之妙。

他以练达而跳脱的语言诠释了高度泛化的客观和微观存在。

对于世人来说，争执缘于你与世界太过类似。睁开眼，看着这世间的一切，它们仿似拥有相同的面孔，更有一直空缺的心灵。世界竟然如此类似。我们的存在和我们的诗歌究竟又有何用？严彬以淬火的经验、跳脱的语言和恣肆的写作姿态，揭示其实比表象更类似的是事物的内部细节，只是我们从来没有拿起诗歌显微镜去看灵魂熔炉里的无奈与挣扎。

理性的"静观者"

——简评青年诗人萧楚天诗作

萧楚天的诗歌创作学理性很强，无论是早期作品《十二序曲》，还是近作《灵歌集》《庇斯瓦尔先生家的猫》，都显示出以知识论为基础的现代诗的理性精神。

《十二序曲之序》用词典雅，意味深长。前两句中的"等"字，暗含诗觅知音、诗有注解之意；"搁置""之外""镜中"指向时空、生死、虚实三个维度；而最后两行展露诗歌的终极目标——打开"时间的玫瑰"。

《十二序曲之第八夜未央》中的"墙上白蜗壳"与"荒废的星隙"构成了想象置换，揭示诗对于万物的意义常在顿悟。其间索引了青云子的《白扇》，于留白中见端倪，于空灵山间出清泉。

他的诗深奥，紧贴其学识。出生于1991年的他，年轻却阅历丰富，尤其是异乡人的体验至深至真。他为岭南人，曾求学于英国杜伦大学，现居浙江杭州。依我看，他所接受的知识和生活双核教育，并没有限制他的诗性，更没有固化他的思维，因而，成就了一位中国现代诗创作、翻译的静观者。

一般说来，青年诗人易于感性，难于理性，萧楚天的诗歌创作却因饱含学识而显得沉稳，他的诗歌经验是经淬炼、比较而成的独立判断。在生活情感与知识理性之间，他是一个静观者。正如《灵歌集》最后一节所言："我在亘古之海中／时间的质感，身内的流亡／静观者如镜，不死者看到我／回到世间"。"静观者如镜"即为诗人理性审视的态度。依我看，诗中的"主人"可视为超越身体局限性的思想。这些短句代表诗人不断更新的诗学认知。起先，诗用以表达爱或被爱，看见的或存在的；进而，"冷雨"淬炼"灼热的新骨"，诗用以观照现实、历史、时空、人性，这是理性应有的怀疑之义；现在，诗是脱离个体经验的真理。"主人，如果听从你的召唤／我就不能再写自己了"——诗人在惶惑之后，瞬间柳暗花明。

《庇斯瓦尔先生家的猫》是基于小说文本的再创作，叙事性很强。从引言"而现在，每天晚上关上门窗，除了自己家里的声音，他听不见任何喧嚣。——V. S. 奈保尔"可以看出，该诗是对《毕司沃斯先生的房子》的一次诗性解构，亦是"隐秘往事"的一次呈现。奈保尔借毕司沃斯对房子的寻求展现殖民史的血泪及移民者的困顿，萧楚天则以庇斯瓦尔先生家的猫为视角，探寻向内生长的空间。沿着"窄而蜿蜒的红木旋梯"，诗人打开了一本"地下室手记"，而那只猫，则是理性的"静观者"，它像摄像头，昼夜不停地窥探历史的深渊。

回到现场，就是回到烟熏火燎的人间

——简评落葵的诗

某日，我对镜审视自己，越发不自信了。如果不是为了美化自己，多数人对镜，都是为了审丑。无奈，80后青年诗人落葵就是我的一面镜子。我读着他的诗，求全责备地与自己较劲。

我难以用客观的态度、超我的经验、渊博的诗学见识来评述年龄相仿的落葵。读诗可以连通彼此。毕竟语言是工具，在语言中，在诗意的现场里，我仍可以穿越到那些烟熏火燎的瞬间。

在落葵的近作中，我捕捉到两个词：夜晚、旅行。我也曾为此惶惑和激荡。暂栖在异乡的孤独的心灵，一直在寻找诗意归途。

鲜花降落，以雪的名义
丧失心脏，以活着的名义
夜晚拥有天空，以路灯的名义

亿万万年之中，理想变成了石头
亿万万年之后，石头高悬于天幕
旁观人间

一颗不安分的心

　　患上混乱的奔马律

　　　　　　　　　　　　（《夜晚之歌》）

　　"亿万万年"，一个无限的虚无指向。它带给我谷川俊太郎"二十亿光年的孤独"之感伤。我们都知道，活着就是在为虚空的时间寻找现实的支点。"雪""活着""路灯""理想""石头""奔马律"就是热爱生命的明证，它们与现实的荒诞、无趣、黑暗、坚硬对垒。这首《夜晚之歌》的节奏和气韵都非常流畅。前三句中的"名义"，建起一种生活在他处的疏离感；中间两句的转承，阐明了诗人在虚无的时间中寻找支点的愿望，"理想"变"石头"，又共情于月亮高悬；最后，落到心律，给人以诗意共鸣。

　　夜幕四合，正是诗人避开喧嚣、叩问诗心之时。诗人更喜欢在旅途中寄怀。或许，这是身体对时空的条件反射，如"冠盖满京华，斯人独憔悴"。我们的注意力总会被陌生情景所吸引。于是，落葵写下《夜武汉》《酒醉后的兰州》《穿过火焰山的雨夜》《在烟雨中离开江南》《二十七日与诸诗人饮酒——兼致长水诗兄》。那些弥漫着醉意的句子，带着几分游子的怅惘与孤独。情绪驱使着语言延展。

　　凌晨后，喝完最后一瓶啤酒

　　武汉的微雨就落在我们眼前

　　卡车一辆一辆，不多，从街角拐过去

这里是武汉的角落，最细密的脉络里的

血和氧，都在这里

贴着城市的心跳，我们走着

那些白天让人躁动的想法都跑到哪里去了？

当我们看到法国梧桐树下的人

当我们看到他们在疲倦的路灯下

恬静地等待着下一个食客

落叶疏影，红色的塑料小凳子

泛着油花的餐具旁，事先切好码好的菜蔬

好像也有一种鲜活的生命力，也有前世与今生的悲喜

（《夜武汉》）

　　饮酒作诗，是汉诗的传统。但那些认为"斗酒诗百篇"的人显然是不懂现代诗歌的人。诗与酒的关系，无关数量，也不在于借着酒兴现场赋诗的酬酢。落葵的饮酒诗，很有现代感。他注重在场，以诗语为现实和想象赋形，并建构属于自己的语言系统。借着诗，我们可以随时回到那时那地。"卡车""法国梧桐""路灯"是回到现场的支点，而"最细密的脉络里的 / 血和氧，都在这里"则是抽象化的意境，也正是诗人进入事物和语言内部的证物。因为有了细节，落葵写酒后的武汉、兰州，或是其他地方，就各有风味和指向了。诗人必须借助自己的想象力，才能抵达口语或世俗未能踏足的低处，借此实现米沃什所说的"无限接近真实"的诗学要求。

　　在常人看来，诗是诗人对世界的重新发现，是诗人对词语的

操控，是诗人对现实生活的重新审定。但事实上，诗人只是完成了一次真实的再现，而他确实做到了世人所不能做到的：发现被庸碌、破败、习以为常的审美所遮蔽的微观现实。落葵的诗歌创作，显然有用词语唤醒想象、揭示真相的现实取向。他写了一系列的带有烟熏火燎人间况味的"在路途"作品。

地窝堡，曾用名红星公社
每一次名称的变更，都是现实在舔舐
野心在舔舐，薄如蛋壳一样的理想

航站楼突兀屹立夜空中，像一只怪异的
铁鸟，和铁鸟巨大的野心
旅人们带着自己的小小野心
在这片巨大的野心中进进出出
像看似自由又身不由己的
金属离子

飞机下降到虹桥，远东第二大城市的机场
乘客通道，水泥廊柱，几何学图案
带给视觉的安慰
有一块，落地玻璃的窗口
一簇簇竹林生长在机场水泥
地面深处，有种安藤忠雄的感觉
或许，城市中的人们都需要

一味叫作"陶渊明"的致幻剂

(《地窝堡到虹桥》)

这是一首比例失调的诗。地窝堡仅占一节，而虹桥却被泼了重墨。落葵本是晋人，却在新疆奎屯生活。诗人从乌鲁木齐地窝堡机场出发，抵达上海虹桥。明显的时空失衡感带给他思想的震荡。其中"舔舐"一词非常奇诡，传达出浓重的倦怠感。而"铁鸟""金属离子""几何学图案""安藤忠雄""陶渊明"等，则透露出诗人进入上海那一刻的现代性意识——他在迷幻的城市之光中确认自我认知的位置。诗行行进、意象拣择、语言运用全凭感觉支配，这构成了落葵诗歌情感真实的基调。结构的失调就是感觉的偏离。虹桥机场的现代性审美占尽了落葵的诗意。

面对趋利的社会氛围，诗人并没有太多的话语权。在其成长道路上，还必须面对西化语境的胁迫和心灵异化的危险。如何选择自己的诗路，是落葵与我必须考虑的。读落葵的近作，我获得一点启示，就是福柯所说的"求真意志"。大抵只有向生活内部求索，才能写出属于自己的真实。落葵就是如此。他勇敢地回到生活的现场，寻觅最朴实本真的自我。

在黑夜与雪的对峙间幻化成诗

——评青年诗人小书的诗歌创作

一直有种期待：北中国的雪落进南野的黑夜里，那将会是怎样的情景？对于生长在东北，定居于浙江湖州的诗人小书来说，这种期待存在于意念之中。她的诗是流淌着北方的血液却长着一张江南面孔的女子对自己的双重身份的接受过程或者自我认知过程的表达。

如果说诗意的栖息是小书的生活愿景，那么，她并不囿于所谓的"岁月静好""南方风物""妩媚多情""曼妙修辞"。她的诗作中有悖逆、幻术、怀疑、孤独、对话、疏离、困顿。这是一个生于北方、客居南方的女子用身体积蓄的能量，这能量随时可能在生活的冲击下爆发。

德勒兹认为："写作是一个生成事件，永远没有结束，永远正在进行中，超越任何可能经历或已经经历的内容。而文学的终极目标，就是在谵妄中引出对健康的创建或对民族的创造。"小书的创作，就有矫正生活的意味。她记录生命中那些难以忽略的瞬间。其诗歌与生活的关系非常紧密，是存在与思考的明证，亦是生命的另一种体验。

我喜欢她在诗歌《活着》中对克尔凯郭尔的引用："灵魂的

优越之处在于只看重个体。"这句话更印证了小书诗歌创作的出发点——个体经验。从本体出发，去感知与世界的关系。正如她在《白热》中所写："每个人都无法避免地以自我为中心 / 与这个世界发生关联。"

一说身体意识，难免就要陷入标签化窘境。当下的汉语诗歌写作中，部分女诗人以写女性身体为特色，确有博人眼球之嫌。小书的诗歌带有浓重的身体意识，但并非女性身体写作。从整体上说，其写作的性别意识并不太强，倒是显示出本体幻化的特色。

在《栖息》一诗中，诗人敞开"低处的身体"，曾经炽热的"如炭火"的身体，留下难以逃避的记忆。这首"存在之诗"最大的突破在于出于身体，却不限于时空。其中有一句"是谁教会我们感受"，这既是问，亦是答。就"我"之存焉，诗人回想自己的思想之路，并在疑惑中期许诗意生活。

立足本体，幻化成诗。小书力求打破自我局限，在江南小城中放牧自己。她偶尔在午后享用一杯咖啡，品尝生活的微苦与香醇。在《一个平流层的下午》中，她以蒙太奇的笔法，从不同角度进入同一个时间，幻化自我：她是一位母亲，是一个游子；她是一缕阳光，是一只灰色的海鸥。她像西尔维娅·普拉斯一样独白着，在自己建构的语言谱系中对话。

那么，小书是如何构建诗人的自白体系呢？有诗为证。小书先将自己拆卸成不同的存在。在《球形幻觉》和《我知道我被赠予的都是假象》中，诗人首先是怀疑世间一些稳定的关系，其思想在存在与虚无之间拉锯。"每一天我们都接受催眠 / 有时被植入物质的梦"，在当下，这个现实命题无人幸免。面对物质的裹挟，小书选择了部分妥协、部分幻化。她在从车窗飘进来的一团柳絮中发现"时间溢出之物";时而她又让春天在体内放火,让灿烂的春潮与静寂的内心互相博弈。布罗茨基说:"诗是语言的最高形式。"我认为,小书力求用语言平衡生活,以达成诗性心理的成熟与忍耐。无疑,小书的创作彰显着这种"语言平衡术"。在她体内,北方的刚烈和南方的阴柔并存,对这二者的割舍与挽回并存。她"携带着北方深冬里受冻的深情",生活在温和而潮湿的南方小城,用低密度的身体迎接时空的考验。

> 我临时占据了这里
> 携带着北方深冬里受冻的深情
> 某些复杂的力量让我保持着收缩和倾斜
> 在人世
> 有多少人大于枯萎小于死
>
> 他们却不懈地变换着姿势
> 悖逆和掠夺
> 他们是茂盛和密布的大多数
>
> 即便这样
> 我也不曾诅咒过你们的对峙
> 时间辽阔
> 将我们通通笼罩收割

这首题为《倾斜》的诗歌，带有浓重的宿命意识。"我也不曾诅咒过你们的对峙 / 时间辽阔 / 将我们通通笼罩收割"，这与《夏日茫茫》中的"你的过去以及未来的时间 / 被收进至高无上的容器"形成互释。死亡的确会结束一切。正因为死亡的存在，生才有了意义。或者说，正因为生活的无意义，诗歌才显示出非凡的价值。

读完"栖息"一辑，我看到一个不一样的邵小书。有一段时间，我在朋友圈中看见她发的自拍照：短发，皮肤白皙，眼神明朗，清秀可人。波伏娃认为服饰对许多女性重要，是因为它们可以使女性通过幻觉同时塑造外部世界和她们的内在自我。在美颜盛行的时代，保持对美的幻觉，未尝不可。细读其诗，感觉"此花不与群花同"。她的诗中除了有午后咖啡的闲逸，还有"此情无计可消除，才下眉头，却上心头"的多情。从文学地域来说，小书的诗散发出的气度，令我想到"千古第一女词人"李清照。金兵入侵，李清照本欲随夫君赵明诚移居湖州，却被迫分散，赵明诚死于南京，李清照则流落金华，可谓凄凄惨惨戚戚。而小书由北方迁居南方，两地文化的碰撞化为诗语。

小书对情感的态度，恰如她在《女诗人》中所阐释的：

进入九月

天色高远又迷人

云朵泛着新棉花的白

云朵制造着高处的幸福

鸟类负责往低处运送它

今天，你有没有遇到一只鸟？

我手提一箱牛奶，背包里还装了面包
牛奶和面包都是我为女儿准备的
一个女人正穿梭在庸常日子的森林
我是一个俗世的母亲

我也是一个俗世的妻子
我的丈夫给我爱，也给我疼痛
或许保持痛觉是俗世给我的完美礼物
为了感激，我执着于偶尔扮演一个诗人
这或许就是我被诅咒或祝福的命运

写诗让人从俗世短暂逃离，去寻找自我。这首《九月》从多
方面阐释了小书的多重身份，或许俗世生活并未让她获得更多的
愉悦，但她作为诗人，找到了自己的精神属性。她仿似体验黑暗
游戏的冒险者，乘着渡轮，驶向江南小城，看到"城市的轮廓在
晨雾中消融"。

"哀一逝而异乡"。小书与我都是这个世界的微尘。迷途的怅
惘之后，诗人总会以同理心对待周边事物。她展开了一次诗意的
对话。

桂花刚刚开
欲望城市的味蕾需要一味更猛烈的草药安抚

副热带高压已经无法占据上风

接下来的雨是它日常的屈辱

流向城市的低处

其实我并不讨厌这样的天气

低压迫使我再一次收紧自己

犹豫的法令纹

重磅真丝衬衫的露背元素

精致的民族风金属书签

我爱慕俗世的心

像不甘心的雨　白烟氤氲

　　如果说诗人小书与现实的和解建立在对话之上，这首题为
《对话》的诗暴露了她的内心。"接下来的雨是它日常的屈辱"，
其潮湿的诗句，令我想起沈苇的名句——"但要生存，还要从空
气和石头里采集水分，来保持蛙皮的湿度。"沈苇曾经为了逃避湿
润的江南而去往遥远的新疆，而小书则为了生存和爱情，浸润在
江南的雨雾中。她在生活的低音处，带着诗人易感多愁、悲天悯
人的特质，与底层人们对话，与猫、北极熊伊努卡共情。邵小书
与所有的女人一起受伤，培植自己的"耐寒性"。"其实我并不讨
厌这样的天气／低压迫使我再一次收紧自己"，窃以为，人的适
应能力超乎想象，"不讨厌""收紧自己"都表明诗人与现实生活
达成了和解。她"在个人编年史中加强公共部分的质感"。甚至，
在"九月的最后几日"，她享受着"简单舒心的日子"。

我仍要说，和解只是表面。诗意的萌发并非表面生活所致，而起因于灵魂深处久久不能挥散的孤独。

小书的诗歌中反复出现"黑夜"与"雪"两种意象。一黑一白，都具备遮蔽之功效。入冬之时，诗人凝望天空，树枝阻碍了她的视线，而那张"线形图"正诉说着她内心的悲伤。她是生活在异乡的"囚徒"，"这夜色啊，将我涤荡成透明的人／从你的整体中分离出一小部分伪装成故乡的夜色"。毫无疑问，在白天，诗人是为物质劳碌的普通人，她是女儿、妻子、母亲、员工；一到黑夜，她就成为孤独的代名词。在"我不做你的情人"和"我的故乡下雪了"两辑中，我看到诗人忧伤的面孔。

女诗人，提及"情人"二字有点敏感，提及"故乡"则有些传统。但我知道，"我不做你的情人"中的"你"不指向某位男性，全无暧昧。或许，它的源头正是海子那句"我愿做远方忠诚的儿子和物质的短暂情人"。小书在诗中呈现出某些女诗人缺乏的豪气。她的执拗在于诗格与人格的独立。"一个人总是感到内心的空白／更加贴近一片雪的灵魂"，这构成因果的诗句佐证了小书内心的纯净追求，而"雪"则象征着最初的自我。

　　我的故乡下雪了

　　那些积攒了许久的细碎一下子被摊了出来

　　原野又抬高了一些

　　我的故乡下雪了

　　天使的呼吸在那里盛开成为云层

原野又开阔了一些
风吹动着雪聚集的光

我的故乡下雪了
我的那些留守的乡亲啊
一年中他们此时最为富有
一年中他们此时最为轻松

我的故乡下雪了
那些雪干燥又瓷实
正如我爱它的方式
是我们迟缓又愚笨的好理由

我的故乡下雪了
故乡变得丰满又多情
像在纪念我

　　对于出生在北方的小书来说，雪是常见的景物。而今，朔方的雪，那雨的精魂，只能落进诗人的回想中。诗人站在全视角审视，"细碎"之物摊开在地面上，将原野抬高了，随之上升的是处于低洼地带的诗人的记忆。"天使""聚集的光"以及"留守的乡亲"纷纷化作词片落进诗歌里，正表达诗人对故乡的热爱。此诗的巧妙之处在于诗人将"雪"与自己的性情融合，更注重"雪"与自我的关系。"正如我爱它的方式 / 是我们迟缓又愚笨的好理由"，其爱是"干燥又瓷实"的，或者是粗犷而奔放的，并无"雪"的冰冷与柔美；"像在纪念我"则化用了李白的"仍怜故乡水，万里送行舟"，把故乡的雪人格化，似乎是故乡在纪念"我"，其实是"我"在纪念故乡的雪，由此达成"我"与"故乡"的交融。

中国古代大文论家刘勰曾说："缀文者情动而辞发，观文者披文以入情。"我在阅读小书的诗时，常产生共鸣。目前，我生活的嘉兴和小书生活的湖州，地理风物、人情世故相似。身为新居民，地域的变迁造成内心的隔阂，而我们的诗歌则是心灵的回溯，生命的循环，时间的反省。

残损的时间玉璧

——读嘉善诗群十人近作

一个刚大学毕业的毛头小子，赤手空拳地闯入江南小城，并就此扎根生存。你能想象那一份激动、震颤、窃喜，不亚于一位战士攻下一座堡垒的心情。是的，要为嘉善诗群写评论，我与嘉善的情缘不可不提。2004 年夏，我一身孤勇，背着简单的行囊，乘绿皮火车潜入嘉善。此后六年，是最有活力的单身生活。出于工作需要，嘉善所辖的魏塘、天凝、下甸庙、西塘、陶庄、汾玉、姚庄、丁栅、大通、大云等乡镇，我都一一到访。可以说，嘉善是我自认的第二故乡。如我在《小镇叙事》中所说："我只身抵达的魏塘镇 / 和故乡土塘镇 / 只是一列绿皮火车的担头挑子。"

2010 年，我到嘉兴南湖区工作，反与嘉善诗友熟络起来。张敏华、苏建平、起子、麦须、叶心等人的诗歌创作，我时有关注。我和他们也常有交流。他们对写作的热忱与诗歌现代性的探索，让嘉善诗群日新月异。据了解，嘉善诗群目前有诗人二十余位。地域性诗群的崛起，必然有其特定的人文和时代背景，有其共同的精神向度和价值构架。嘉善诗群诗人的诗歌和而不同。他们尝试打破时空壁垒，紧贴现实生活，获得了一方方精神玉璧。

近年来，苏建平的写作呈井喷态势，接连出版了《黑与白》

《一个人的奥义书》《阿J》等诗文集。苏建平的作品辨识度比较高，他朝着博尔赫斯式的迷宫叙事与时间诗学方向努力，将知识解构并融入日常生活，以达成知识经验的转化。扑朔迷离的现代生活正是诗人们取之不尽用之不竭的深井，而苏建平对日常生活的诗意开掘，正是他敏锐才思的集中体现。近年来他在散文诗领域的开拓及成果也有目共睹。我认真读了他新近出版的两本散文诗集，深感其蓬勃的创造力和锐意的探索。在很长一段时间里，我觉得散文诗写作过于平面，似乎只有周庆荣等名家的这类作品具有深厚的文化底蕴和语言功力（之于散文诗，我的阅读也不够广阔）。然而，阅读《阿J》，改变了我的这一认识。原来散文诗也可以思辨，可以旧文新解，可以再生语言迷宫的内部力量。这创造属于诗人苏建平。他的《文字所述》五首所呈现出的艺术再生力直指艺术的"未完成"。《夜读鸠摩罗什》是时空并置的织物，是阅读经验的内化，是主客体的转换。诗人将自己阅读鸠摩罗什获得的共鸣释放在字里行间。《尚未完工的寺庙罗汉殿现场》是一首现实主义诗歌，诗人看到罗汉塑形之前的"香樟木和金属钉子"，想到"又香又粗糙"的生活，由事及理，鞭辟入里。《青山令》则由植物生长联想到历史细节，企图用文字还原一段虚无的历史。《此刻》涉及诗人的创作观念，"终生去写诗"是一种信仰，亦是诗人的中年心境。他的诗歌庞杂鲜活，大开大阖，出于经典，归于生活。在广泛而真诚的阅读中，他与但丁、杜甫、博尔赫斯等人撞出了思维的火花。借助诗歌，经典在每一个生活细节中复活。阅读苏建平的诗文，我感到他的创作日益阔大高迈，他对经典的阐述指向现实生活——正在进行的或将至的生活。

麦须的近作犹如海上帆，或空中热气球，即视感与想象力出众。得他的最新诗集《所有的船都驶向明天》，读之，惊叹不已。他是嘉善诗群中的归来者，即曾有十年诗兴不作而忙于世务，如今归来，一发不可收拾。他的血液里本就流淌着诗意的大江大河。读过《简洁的线条》九首，我认为麦须的诗歌语言节制，有剔透的丰盈；场域开阔，有主客体互动；思想深刻，有智性的火光。《身后纪》写死后可能发生的事情。诗以西班牙诗人洛尔迦的名句"圆盘上，石头星辰，以十二个飘浮的黑色数字彼此冲撞"结束，恰是虚拟时间的"绳头"，正如洛尔迦在《时钟的停顿》中所写："我坐下／在一个时间的空间／这是沉默的／回流。"麦须的创造，在于将未来的一万年装进了"玻璃容器"。他似乎有着去粗取精的惊人禀赋与瞬间爆发的力量，比如，"这很划算／仿佛是买了一整个世界／清晰的，触手可及的／在几块玻璃之后"（《我买了一架望远镜》）。多么令人心惊啊！这四句诗像一架望远镜，将世界缩小，收入几块玻璃后的镜像里。在《石头人间》一诗中，麦须的语言触觉敏锐至极，将石头中孕育的生命在语言中复活——"那些／从早到晚／都忙着／给石头定义的／人们／／仿佛都不曾死过／在石头里"。如你所见，麦须把写诗当作一场智力游戏，当成一次词语冒险之旅。

陆勤方的微信名是"礼拜九"，这很有意思，大抵指向时间的存在与虚无。回想我在嘉善生活的那段时光，经常到沿河的"左岸咖啡"闲坐。思贤塔南面，一道布满青苔的古城墙仿佛在诉说着东门旧事。我曾登古城墙感怀青春。读到陆勤方所写的"我在这里／静静地坐着／期待着有诗句在脑海里闪现／真的，我想为这老旧围墙写首诗",我不由拊掌,这就是十五年前某个时刻我想说的话啊!《理发时刻》中对现实的观照,《记忆:铜脚炉》中的亲情记忆,都让我们感受到这位语言质朴、思想现代的诗人对抒情诗歌的偏爱与承续。在陆勤方的诗中,我们可以感受旧物的温暖,比如,"对锡罐的记忆/除了黑不溜秋以外/就是死沉死沉//存放茶叶的锡罐/一直塞在灶台的上面/锡罐上面,有字/还有线条的画画/好像是几枝杨柳/几只燕子,画的是春景吧//罐子里头是放茶叶的/很细很细的茶叶/在茶壶里冲了开水泡泡/倒出来的水黑红黑红/苦苦涩涩,不好喝/所以,我们也不会去动那个方不方圆不圆的罐子//每天,父亲都要泡一壶茶//有一年,父亲在生产队牧场/负责老虎灶上烧水/他把那茶罐带去了/不想,茶罐竟会混在砻糠中/送进了老虎灶膛里/等到从毛灰堆里发现/已经变成一个锡块/像个生煎蛋饼,很不齐整。"(《记忆:存放茶叶的锡罐》)诗人搜寻记忆中的典型物件,融情会意,让残损的时间玉璧焕发生命的光亮。陆勤方反对含混朦胧、过分修辞,追求朴实无华的叙事,力求让诗歌介入普通大众的生活,令百姓看得懂。

若诗歌语言是黄金,创作便是提纯的过程。从语言的纯度和思想的纯粹来看,部分优秀的口语诗就像镶嵌在皇冠上的金粒,其精纯度超乎想象。起子的《同学会》自建时间秩序和情感通道,惜字如金。起子的诗表面简单直接,却有穿透力,犹如闪电。一次初中毕业三十年聚会,拒绝形容词障碍,打开读者的想象——陌生与熟悉,血脉与脸庞,酒与时间,起子做到了直抵现场与人心。起子在表达上有一定的洁癖,且做了最精密的布防与调度,将时间的玉璧打碎,取其"断肢",给我们以"贴己"的启益。

《几万张三合板》《与我有关》等诗以小见大，从个人角度体悟世界，以求得到四两拨千斤的效果。在他的诗中，历史轮转，个体命运裹挟其中。长期以来，诗坛中口语写作与学院写作的纷争一直存在，分歧较大。口语写作是对诗歌语言的进一步解放，是现代汉语自由化的一个途径。其实，这也是现代汉诗的源头性问题——从文白相间到白话文。很长一个时期，受"诗言志"传统影响，口语写作其实停留于点到即止的层面。如今，复杂纷纭的现代生活，加之西方现代诗歌的影响，使得诗歌语言解放的要求日益强烈，形成了当下口语写作的趋势。毫无疑问，精粹的语言表达有助于思想的丰盈、意境的空灵，也有助于与读者的互动。

与我同为80后的诗人叶心，对诗歌现代性的探索从未停步。他的《低飞的石头》九首呈现出不凡的气度，既有烟熏火燎的生活，又有严肃的自我审视。《理发师》一诗，场景真实，意味深长，寥寥几笔，将一个健谈的理发师的形象呈现给读者。或许，人们只是为了心安才把时间物化。把时间和诗意附着在具体的事件之上，我们才得以触摸时间的肋骨，感到诗歌的血液永不冷却。我与叶心渐渐熟络，多次评点他的诗作。他有一首诗，令我记忆深刻，题为《博物馆中的展陈》。"被抛弃的一些事物 / 就放在这儿，大多是复制品 / 或者俗称赝品，不可明说 / 灯光灰暗迷离，空气停滞 / 讲解员每日重复地陈述和总结 / 橱窗里的它们并不表达不同意见 // 这儿藏着伟大和骄傲 / 也藏着一丝无奈 / 人们考虑过，它们不能再流通 / 不能再发电，不能再卖钱 / 唯一用处，就是假装定格住时间 // 更多时候 / 它们被虚掩在时间的暗处 / 被时针的哒哒声催眠入梦"。在该诗中，叶心找准了时空坐标，用紧贴生活的语言诠释了博物馆里的展陈。辛波斯卡曾有一首名诗《博物馆》，谈及博物馆里的餐盘、婚戒、剑、扇子、陶器等，传达"因为永恒缺货，十万件古物在此聚合"的哲思。叶心的发现，与此同理。但他更注重"弃物"。作为嘉善诗群的生力军，叶心的诗歌创作很值得期待。

梁铮的《光是看不见的》抒情与叙事协奏，注重词语的衍生和语面的陌生化处理。《万物暗下来》是情绪的容器。诗人早起观荷，从一颗晶莹的水滴展开想象。从"双彩虹"中，诗人笑看人间苦难；于冥思静想中，他为世间芜杂之事忧心。这大抵就是"一花一世界，一叶一菩提"的诗性演绎。《父亲》一诗，思维跳脱："粗糙的手"像"破碎""生猛"的"经幡"，"慈祥的脸"像"哭泣的隧道""堆满祥云"。仔细揣摩，诗人抽掉了"皱纹"一环，间接把父亲的神性与苦难融合，表达出对父亲的敬意。读了《寂寥的欢愉》《沿着日光，在盛大的边缘》《泊秋》《我有艾米莉一般的热忱》等诗作后，我确定梁铮对米沃什、策兰、辛波斯卡、里尔克等西方诗人的阅读非常深入。梁铮内化了西方经典诗歌的韵味，把握了现代诗的抒情节奏。他的诗记录日常，而意境开阔、意味深远，且冲击力很强。

无独有偶，许小婷的《父亲离我越来越近》也写到了对父亲的感情。她耐心地缓缓地叙事，理趣自叙事中生长而出，这一点难能可贵。她写到搭乘飞机，到了一万多米的高空之后，想到"天堂里的父亲，离我越来越近"。这是富有冲击力的诗思。在《牛奶海》中，诗人写道："经历怎样的伤痛，冰川才流下 / 这巨大的一滴泪 / 或许是落在亚丁的 / 一颗璀璨的翡翠，镶嵌于 / 藏地高原 //

终于负重地来到眼前 / 天空被白云翻开 / 湖水倒映雪山 / 所有的震撼因为敬畏而失语 / 隔着千年的水，听到 / 海的召唤"。诗人到四川稻城亚丁旅行，看到迥异于江南的山水，内心顿时丰盈，而那种被震撼到的情绪，只能用最精准的语言来表达。站在青山绿水间，许小婷做到了物我两忘，将自身融进亚丁的美景之中，幻化出美妙的诗意。

阿欣的诗歌创作也在冲击力上下足了功夫。《卖菜的老妇人》的强力讽喻、《月夜小记》中的"观鳖产卵"、《黄鼠狼》中的"遁空消失"、《吃草的人》中的"奶牛"般的母亲，皆是出奇制胜的法宝。相对来说，阿欣的笔法更符合小说虚构的准则，而许小婷的奇源自求真意志。二者都体现了现实与想象互砥产生的张力，像诗歌内部爆破，冲击力极强。我们可以感受到阿欣诗歌中的悲悯与感伤。情郁于中，发于言，他在《母亲的照片》一诗中表达了内心的愧疚——"母亲带着我来到了这人间 / 我却没有带她出一趟远门 / 如果时光可以倒流 / 我愿意用三生去等候"。阿欣还从自身的角度去审视弱势群体，"老吾老以及人之老"。他笔下的老者多晚景凄凉，他自己也反复抒发"在病中"的哀伤。如此充满生命意识的诗歌，令人动容。

诗人俞冰以风载思，写下具有深度意象的《风之语》。与张敏华从生活起笔不同，俞冰的诗更注重形而上的写意。他的诗倾向神性与自然，色彩鲜明。从俞冰的用词来看，他是一位"灵感诗人"。他的诗多简短、急促，像是一道闪电，又像是穿堂风。比如诗作《闪电》："闪电撕开沉寂的夜 / 放出欢乐的光子 // 一瞬间的释放 / 让被黑暗密封的大地 / 得到一丝喘息 // 我袒胸露乳 / 迎接暴风骤雨",寥寥数行,将自我融进一道闪电,撕破黑暗,真有"世界如我,捣毁一切"的青年力量。在《斑鸠》一诗中,我们看不到赘词,"一人一鸟合奏 / 造出一个世界",有前两节的铺陈,诗人情注而意达,该诗令人充分感受到汉语的含蕴美和诗人的智慧。

2019 年初,"诗想者"策划人刘春邀我为张敏华的诗集《风也会融化》写评论,我遂集中阅读了这位成熟的实力诗人的作品。在评论《省净的中年诗,或时间平衡术》中我写道:"风"的意象贯穿了整本诗集,无处不在地穿过诗人的诗和世人的生活场景——风从远古吹来,必将吹向人的心灵。其蕴含的时间哲学,贯穿了整个中国文化史。时隔两年,张敏华继续延展"风"的意象,出版了散文诗集《风从身后抱住我》。其中的组诗《风也有牙齿》仍呈现语言省净、心态沉稳、意味深长的特点。他对时间的奥秘保持着好奇心。其诗总有金句,在耐力铺陈之后一跃而出。《身上有很多种怕》中的"人过五十,我怕忘记 / 怕,忘记",《怕黑暗露出真相》中的"想起父亲,窗外传来 / 救护车的声音",都仿似在揭示诗歌之光,就是要冲破黑暗,还生命以坦率与真诚。在我看来,张敏华的文字驾驭力非常强。他"遵从自己的召唤,拒绝不符合自己的诗歌状态";他"沉潜在生活低处",注重"对自我生存状况的自觉和审视";他有着强烈的语言意识和深刻的亲情体验,用纯粹的烟火叙写着中年心境。《画风》一诗则写出了人生"虚无"的意义。像是勃兰兑斯所说,"人生不过是一架一百来级的梯子",我们描绘的蓝图不过是空无的风,而具象如景、虚像如心——"在一张白纸上画风 / 画几棵倒伏的树,画大风 /

为让风静下来，画一群麻雀 / 突然从天空坠落 / ——有时我们就这样 / 故伎重演"。有形无形，动静结合，生死相融，虚实相生，诗人张敏华看尽苍凉而波澜不惊。

对嘉善诗群十人的近作，这是我一些粗浅的认识。碍于个人的阅读视野，不能对诗群作全方位评价。来日方长，我与嘉善的诗缘仍在生长。

综合考量这些诗歌，可以说，嘉善诗群阵容强大、视域开阔、风格各异。我们可以借此思考地方诗群对繁荣新时代诗歌创作的重要性。早在 2013 年，上海的孙琴安教授主编的《中国诗歌三十年：当今诗人群落》就对全国各地方诗群进行了梳理与研究，有力论证了地方诗群对诗歌繁荣的基础建设作用。如今，我观察到浙江各地区都有"诗可以群"的现象，诸如"北回归线""野外""新湖畔""海岸线""诗同读""凤凰湖""海盐诗群"等。我预想中的诗群写作是多元并举、彼此绝不雷同的自由创作。在此期待每一个诗人都能打破时空壁垒，找到属于自己的时间玉璧，即使它是残损的，也依然可贵。

贴地飞翔，抵近无限

——《草堂》2021 年第 5 期述评

2021 年第十一届"十月诗会"在四川资阳雁江举行，其间，一行诗人赴圆觉洞采风。于坚面对石窟，说写作如凿窟，重复大主题、缀补小细节是要诀。这句话我印象很深。如果说诗歌创作有脉可循，那便是每位创作者坚持"此在""去蔽"和追求澄明之境，对存在主义美学做出回应。

我们所处的时代，新事物层出不穷，但人们对新事物的认知单一化，即趋于功利化，以至雷同。追求自由精神的诗人应另辟幽径，发现自己熟悉领域的陌生元素，倾注心力，向内探询，向现实索取虚无。

诗人不一定是职业，艾略特是银行职员，史蒂文斯是保险公司总裁，威廉·卡洛斯是儿科医生……他们的职业无碍他们的诗歌创作。《草堂》2021 年第 5 期的作者中亦有隐身人，他们或在田间地头，或在抓捕违法者的现场，或在矿井里作业，或在车间加班劳作，或带着快递在风中奔跑……他们就是烟火中的诗人。

本期封面诗人湖北田禾，他的诗歌有较高的辨识度。标签之一：贴地飞翔，根植乡土；标签之二："因为平缓，所以陡峭"（张执浩）。他的组诗《长江每天从我的身边流过》是乡土诗歌的典范。从创作谈《诗与当下》来看，田禾显然对诗歌创作的现代性话题有所关注。然而，决定创作风格的不全是诗学思考，还有切实可感的生活经验。如他在《自画像》一诗中所写："年轻时在村里耕田、种稻、割麦／向大地弯下卑微的头颅／村口巴掌大的池塘／是一块椭圆形的镜子／我从来没有看清自己的面容／后来在城市的工地上搬砖，扛水泥／我吞吃着灰尘，灰尘也吞吃着我。"20世纪60年代，诗人田禾生于湖北大冶农村，他从大地上的劳作中发现诗意，《木炭火》《船娘》《山路》《老屋》等诗都源于对农耕文明的记忆。

为田禾组诗写评论的是江西评论家刘晓彬。他的评论客观深入，颇有建树。在《农耕文明与城市文明双重视野下的乡土写作》一文中，刘晓彬提出了"后乡土写作"概念，并认为《长江每天从我的身边流过》多农耕文明印记，但却是城市视野中的乡村书写的记忆重构。

田禾的诗，语势平缓，像精耕细作，偶有文化观照与诗味提纯。比如，"像一只扑腾着翅膀的黄鹤／做一个凌空欲飞的姿势"，正是"有亭翼然，临于泉上"的迁用；"他们知道的真多，都为项羽在／乌江自刎同时发出一声感叹"，指出英雄梦的文化之源；"浩渺的江水把一座城市／三分天下：武昌、汉阳、汉口"，是对自己所居之城的文化诠释。在质朴的语言中，田禾找到了自己的诗学之根。在现代生活的冲击下，田禾的诗像陈酿，越存越醇，一如真我。

本期实力榜单上有山东诗人刘棉朵、闽南诗人道辉、江西诗人邓诗鸿。三人的诗均呈现出向内、幽深的特点。刘棉朵曾将自己的诗歌创作比作七里河的水。她说："如果不下雨河水会很清澈、舒缓，下雨后就变得混浊、汹涌。"组诗《我的时间是一枚失效的药片》是晴天下的一条河流，它透亮却内蕴深刻。我尤其喜欢《空隙》一首："书架上你的书和我的书 / 紧紧地靠在一起 / 没有细小的空隙 / 你和我 / 也曾这样紧紧地靠在一起 / 身体贴着身体，灵魂贴着灵魂 / 在山之东，在海之南 / 如今你我天各一方 / 只有你我的书还代替我们 / 紧紧地站在一起 / 仿佛我们从未分离，从没分离 / 就像墓碑上一滴露水紧挨着另一滴 / 没有一丁点儿间隙"。《空隙》之美在于"意内言外"，诗人借书架上的两本书的间隙暗喻两人情感的亲疏，体现了汉语诗歌的含蓄美。正应了她的诗集《看得见和看不见的》。"一半是由于自由 / 一半是出于意外"，辩证哲思是刘棉朵的诗学追求。

闽南诗人道辉是"新死亡诗派"的创始人，"道辉与新死亡诗派已经成为一个同义词"（汤养宗）。"未知生，焉知死。"道辉的诗歌美学属于向死而生的先锋诗学，他强调新生的意义，强调通过语言裂变和指向狂欢深化诗歌的内涵。在《回到里面去》一诗中，有"烂草中金色的锈味""持有橄榄枝血的人""你像洗澡在深渊长出的骨瓷上 / 你的嘴唇含着果核内涌出的暴风雨的乳蒂"，语面极为陌生，幸好有题目做向导——"回到里面去"，我们才得以按图索骥地梳理诗意。道辉以诗的显微镜观察世界，以想象之纳米技术描绘生命内部的秘密。如陈仲义评价："道辉因其独特的语词构建方式为人所知。他壮硕如蜘蛛，鼓腹着杀词不见血的黑汁，粘连飞虱，织就四通八达的网眼。泉涌般的下意识、梦幻、被集结起来的全身能量，一股脑儿地打通各种语言通道。"

江西诗人邓诗鸿的《苍山负雪》，风格近似沃尔科特的《白鹭》，意象繁密而内蕴通透，诗性暗藏在语言巷道里。他偏爱长句，像是偏爱捉迷藏的顽童。其诗仿佛拉家常，却又归于寂静。比如《快雪时晴帖》一诗，"一场狂雪，在纸上倒伏的速度／取决于笔墨的浓淡，和思想的深浅／他孤独的刻度有多深，取决于／一个王朝的雪崩，在灵魂内部的挣扎／和划痕，持续多久……／／一场快雪，煽动着美学的烽烟／克制着东晋的落日，及其反面／弥漫的天籁：高耸、孤绝／而凛人，仿佛隔世的轻尘／气定神闲，圆笔藏锋，不徐不疾／恍若恩雅，拨动了天上的大琴／雪在飞，这暗香盈袖的美，于我／这青春的废墟，还要承担多少／宣纸的惊魂，和笔墨的哗变／／岁月阴晴，苍山去远／一场狂雪，在纸上寻找着故人"。《快雪时晴帖》是王羲之书法精品。邓诗鸿笔下的"诗意快雪"，同王羲之的墨迹一样酣畅淋漓，他将书法中的换向、藏锋、运笔、尾韵等融入诗歌，将王羲之内心的情感与当时的历史背景相融合，呈现出气象万千的历史景观。

　　"非常现实"一栏呈现出多元化写作的面貌。榆木的《煤矿工人的一天》，属于类型诗歌写作。煤炭诗人不是个体，而是群体。安徽老井的煤炭诗歌传播甚广，影响较大。我曾读到散文诗人李晓波所写的这类诗歌，略觉雷同。煤炭诗歌的可贵之处在于底层意识和人文情怀。榆木的《煤矿》只有四句："我不反对，在这里活着的人／也不反对在这里死去的人／因为这里，离天空很远／离地下很近"。这样的句子直刺内心。

　　评论家师力斌以"文气盛"著称。当我第一次读到《广阔的父亲》时，我捕捉到他的语言习惯，比如"广阔"和"痛苦是一片沃土／帮我寻找肉体的花朵"，这是典型的议论式的词句。在阅读师力斌的诗歌时，我偏爱在他轻快的叙事中寻找深刻的道理。

或许是刻意安排，"非常现实"的最后一组诗，同样是类型诗歌。泥文的《在车间僵硬的地面上》共八节，把车间工人的日常写得真切可感。"机床轰轰隆隆／刀具与工件对垒／厂规厂纪的不可执拗／我接受着，你是命运给我量身定制"。泥文执着于类型诗歌创作。他曾获第二届"全国青年产业工人文学大奖赛"诗集奖、第二届"精卫杯中国·天津诗歌节"优秀诗集奖等多个奖项。他的诗集《泥人歌》入选"21世纪文学之星丛书"2013年度卷。据了解，泥文曾在渝北回兴的一家机械加工厂做电工，晚上骑摩托拉客补贴家用。为生计奔忙的泥文，其诗意就在烟熏火燎的生活之中，他写诗就是与俗世生活、与命运抗争。

我在阅读《诗刊》《星星》《诗潮》《草堂》等刊物时，更爱读年轻诗人的作品。我觉得，在诗歌式微的年代，仍不断涌现80后、90后乃至00后优秀的诗歌写作者，实属不易。毕竟，诗歌不但不能带来经济利益，反会被人视为"异己"。在物质与精神的双重压力下，年轻人选择诗歌，就等于选择了精神加持，亦走上了一条更为艰难的道路。故我偏爱年轻同行者的勇气、锐气、才气。

王超的《飞翔的事物都是蝴蝶》、罗霄山的《现在我们开始返回》、杨依菲的《写作杂技师》、马青虹的《失眠侧记》、苏玟的《在黄昏时，抵达吐鲁番盆地》这五组诗歌，让我们看到当代汉诗的多义性。五位年轻的读人博览中西诗歌，苦练技艺，从现实中析出诗歌语言的晶体。他们都有相当不错的语感和写作天赋。

　　王超似乎对动植物有着天然的兴趣，他的笔下，豌豆、松壳、蝴蝶、蜜蜂低吟自然之声。这些紧贴自然的意象的获得源自他的细察、跳跃性审视、文化移位等。比如，蜜蜂"像一只神兽，身体之上有老虎一样的金色绒毛，细腰，膜翅"；"任何飞翔的事物都是蝴蝶／包括时间本身，包括向上攀爬的牵牛花"。王超在写作时充分运用相似性联想，以小博大，注重事物与内涵的隐秘通道，着力建构意象内部的联系。他运用能指与所指分析意象的组合，赋予自然万物表意功能。

　　罗霄山的《搬走整座森林的木匠》旨在写出现代主义大师卡夫卡内心的孤独感。卡夫卡在保险事务所工作，学过花匠，做过木匠。罗霄山借题发挥，将卡夫卡的文学创作与匠心相结合。这是一次精神上的对话："亲爱的兄弟，卡夫卡先生，当你／将一块木板推平，反射出清洁的光／你眯起左眼揪出一些细小的凹陷，修正／一些微不足道的瑕疵，你以木匠的身份／搬走整座森林。你告诉大家，必须维持／劳作，我们才能回到纯洁的人的群体。"而他的《父亲在下午静静打磨一枚钉子》，表意更加明晰。"父亲弯着腰，花白的头发／一浪一浪地拍打他荒凉的额头，／固执而倔强。隐秘且持续的劳动／让父亲看起来像个精明的孩子。"这是诗意照进现实的段落：父亲在打磨钉子时，恢复了活力。如此诗意，源自诗人对生活的细察。

　　杨依菲的《写作杂技师》是一首论诗之诗。她从微观视角解读写作快感。"双手弹奏笔记本电脑的人，在半空／走第一万九千零三十二步。／目前，他保持了完美的平衡。"键盘如琴键，写作如冥想或弹空弦，写到万余字，雄姿英发，语势雄健，意蕴深刻。

马青虹的《失眠侧记》带有鲜明的幻想色彩，借助三月的阳光表达对一个人的思念；苏玫的《在黄昏时，抵达吐鲁番盆地》则写出了吐鲁番盆地的壮阔与静默。

当我读完"大雅堂"与"诗歌地理"的诗作，并回顾阅读《草堂》第5期的感受时，"现实"两个字浮现在脑海中。确如陈卫《镜像的现实与诗性的现实》所言："现实并不在当下诗歌中缺席，只是，表现现实的方式更加多种。相对而言，从事记者职业的诗人，或从事基层工作的诗人，他们观察到的现实深入、沉着、安静，给当代诗歌提供了新的题材和视角，超出了读者对所谓'现实主义'的原有认知。"一本好的诗刊必定紧贴生活实际，以想象变形凸显诗意，以悲悯情怀观照人性，以纯正的汉语书写生活，真正做到让诗歌贴地飞翔，抵近无限。

讷河诗群，赓续生命经验的抒情

——读《讷河诗卷》

广阔的关东原野，是我尚未涉足之地。但在我十八岁那年，我家迎来一位东北姑娘，她就是我的嫂子。千禧年，哥哥在河南平顶山开缝纫厂，结识了来自黑龙江林场的一位姑娘，他们经营了两年感情，终成眷属。嫂子的到来，给我家添了欢乐气氛，同时，也带来了黑土地的气息。辽阔的松嫩平原、蜿蜒的大兴安岭、河水盈沛的松花江，以及悠远的额尔古纳河，于我而言，北方雪国始终伴随着蓬勃的诗意。

这段往事，此前我未曾提及。当我读完《讷河诗卷》，那份懵懂的情愫涌上心头，不可抑制地灌注笔端。讷河于我是陌生的，不陌生的是那份诗意，以及蛰伏在尘世中的生命经验。

《讷河诗卷》由讷河市作协主席鲁荒主编，讷河籍诗歌评论家、南开大学教授罗振亚作序。它收录了三十年间讷河籍或生活在讷河的诗人的作品。该诗集还采用了诗歌精选附诗歌随笔的体例，令人耳目一新。

20 世纪 80 年代，中国新诗流派众多，尤其 1986 年"中国现代诗群大展"之后，全国各地诗群风起云涌。讷河诗群即始于此时，赓续至今。他们以《黑潮诗报》《雪国诗报》《大地诗刊》为阵地。讷河诗群中，黎阳、鲁荒、舟自横、杨拓、王亚杰、孟蒙都有很高的诗名。尤其是黎阳，他从讷河走出，在天津居住了十余年后定居成都。黎阳出版有《成都语汇》《情人节后的九十九朵玫瑰》等有影响力的诗集。他擅长自生活的细部发掘诗意，用纯正的汉语书写当下生存经验。他还是一位眼光锐利的编辑，编选了《华语诗人女子诗歌大展》等作品。对于黎阳来说，讷河是生命的始发站，更是诗意的归属地。他的风格在讷河诗群中具有一定代表性——在宏阔的想象中意蕴精微地抒情。

以《一粒米中的故乡》为例："米中的故乡是一片雪花下 / 覆盖的村庄，蜿蜒的河流边 / 亲人们日出而作　日落而息 // 这粒米是我其中的兄弟 / 跋山涉水带来乡情凝固的记忆 / 这粒米也是我的情人 / 千里迢迢捎来家园草木的芬芳 // 一粒米中的故乡 / 饱满的圆润的晶莹的浓郁的身体上 / 看到多少熟悉的脸庞 / 看到秋风吹落的汗滴落在垄沟里"。这首诗选择的切入点竟然是米，令我意外。"一花一世界，一叶一菩提"，写作者四两拨千斤，将庞大的诗意纳入微观的事物之中。黎阳离开故乡数十年，在一粒米中窥见故乡。他将黑土地上收获的米粒和白雪覆盖下的故乡相连，顿时，生命经验奔涌而来，青春、友谊、情事、乡情皆在语言中复活。

黎阳在成都看到《讷河诗卷》一书时说："从1991年到现在，讷河留给我的美好和诗意一直留在我的生命中。如果这个时代随着劳燕分飞，也将告一段落。有遗憾，也有喜悦。诸如张继春、岳晓东都还在坚持书写。有快乐。诸如李迎杰、裴雅茹还在队伍中耕耘！诸如杨拓、舟自横、李凯华依然佳作频出！诸如鲁荒先生，自然保留着雪国的诗情！诸如罗振亚、杨欣闽已经享誉国内外！唯有坚持，对得起自己！"

这段表白，情真意切。倘若没有地方诗群这"诗意乌托邦"，个体或许就没有足够的勇气和毅力坚持下去，就会在俗世中迷失方向。

《讷河诗卷》的出版，再次向世人证明了诗意的倔强，也为布罗茨基所说提供了明证："一个阅读诗歌的人，比一个不阅读诗歌的人更难征服。"毕竟，诗歌就是我们的信仰。诚如夫子言，诗可以兴观群怨。讷河诗群的诗友彼此鼓励，为这个群体赢得一枚枚精神奖章。

当我读到杨拓的《为诗人德里克·沃尔科特而作》一诗时，某种认同感油然而生，这关乎"以诗见性"："无论国度还是种族／还是我们使用的文字／我们都属于／八竿子打不着的关系／虽然因你的诗／我知道了你／1992年／你得了诺贝尔文学奖／我去了俄罗斯／涅克拉索夫大街上／没有遇到诗人布罗茨基／在美国流亡的他／也得过诺贝尔文学奖／他说，你是／英语里最好的诗人／但在我的嘴里说你，好／没有用，即使写出来／也没有用／我只是博尔赫斯说的／'终点就是被忘记／我早已达到'的小诗人／今天让我想起了你／因为你的逝去"。

沃尔科特是我特别喜欢的一位诗人，他的《白鹭》和《奥麦罗斯》都是极好的长诗。尤其是《白鹭》，用语之精练，意境之丰盈，情意之浓郁，令人折服。杨拓的这首诗在语言形式上并没有向沃尔科特靠拢，反而选择了口语创作。在粗粝的语言背后，是一位普通诗人对伟大诗人的隔空致敬。显然，布罗茨基对沃尔科特的评价是准确的——他的确是"英语里最好的诗人"。我以为，沃尔科特在繁密的语境之中融注了现实的诗意，他真正做到了大小兼容、宏微辉映。何谓"终点就是被忘记，我早已达到"呢？这句诗出自博尔赫斯的《十五枚小钱》，它像是博尔赫斯对诗人身份的自我指认。其实，无论成就大小、名望高低，对诗人而言，最重要的是诗人自我的完成。

《讷河诗卷》的二十六位诗人，皆有自己的诗学追求。辽阔的松嫩平原蓄养了宏阔而精微的诗意，诗人们很少曲径通幽，而是率真地进行表达，从而使诗群的整体风格有质朴清丽的特色。讷河诗群的未来，正如罗振亚所说："讷河诗群的分子在整体风格相近的前提下，虽然同饮一江之水，却因个人的性情境遇、心智结构、审美立场等方面的差异而表现出多元色彩，魏紫姚黄，姿态纷呈，如鲁荒智性深邃，杨拓现代机警，黎阳热诚精巧，孟蒙素朴天然……每个人都在追求自己个性的'太阳'，而多元化的极度张扬，正是个人化写作彻底到位的体现。"一个庞大的诗群，还应该有更多的异质诗人产生。"既滋兰之九畹兮，又树蕙之百亩"。在讷谟尔河的滋养下，年轻诗人将为这一群体注入新鲜活力。我们可以期待讷河诗群的新貌。

江南风度，一语成诗

——《江南风度：21世纪杭嘉湖诗选》读札

在城市高度现代化的进程中，江南的地域特点日趋平面化。玻璃幕墙上映着都市人斑斓的生活和忧郁的脸庞。江南风景旧曾谙。好在江南之水仍丰沛，以运河、西湖、太湖、南湖为坐标的杭嘉湖地区，延续着江南的智慧与风度。

近期，由赵思运、卢山、李俊杰编选的《江南风度：21世纪杭嘉湖诗选》（以下简称《江南风度》）顺利出版。该书编选、出版过程可谓艰辛，历时三年，几易其稿，辗转几家出版社，终于由北岳文艺出版社推出。

《江南风度》较全面地反映了21世纪以来杭嘉湖地区诗人的创作风貌，具有一定的文献价值。

在选稿范围上，该书收录对象是杭州、嘉兴、湖州三地诗人代表作品。

杭嘉湖地处浙江西北部，与上海、江苏等地毗邻，气候温润，物产丰饶，水网密布，风景如画。杭州集山水之美、现代智慧于一身，历来吸引着文人墨客；嘉兴与湖州则像并蒂莲，两地同为温婉水乡。历史上，朱彝尊、毛先舒、查慎行、穆旦、徐志摩等诗人在这里富庶的平原上放歌。而今，杭嘉湖平原是长三角经济带的核心，极速运转的现代生活既消解诗意，又驱使新诗的现代性生长。

诗歌作为语言实践活动，既是语言运用本身，也是诗人进入现代生活的方式。身处平原的诗人，其诗或许无高原诗歌的奇崛、海洋诗歌的广阔，却别有意境。或许可以说，其诗性更像是深藏地下的原始文明，汹涌而神秘，恒久且忍耐。

《江南风度》以百年新诗的诗学名词为纲，致敬新诗取得的成就。全书分"九叶集""新青年""创造""太阳""新月""学人""人间世""白话""凤凰湖""少年中国""诗江南"十一辑，在作品遴选方面，遵循兼顾兼容性、现代性、阶段性、代表性、生长性的原则，较全面地呈现了这一地域诗人群体的创作面貌。

我在这本厚达五百页、装帧素雅的诗选中看到了三大特色：其一，致敬新诗与对话社团；其二，智性思辨与理性表达；其三，青年力量与创意表达。

浙江省文学创作的主体是小说，诗歌则构成其先锋阵地。杭嘉湖地区的民间诗歌社团十分活跃，这就使得新诗创作的根基相当稳固。新诗的出现是中国诗歌历史上的一次伟大的变革，先后产生过众多的艺术流派，涌现了诸多风姿各具的诗人，如《九叶集》中的辛笛、郑敏、穆旦等人。赓续前辈之精神，张德强从"我们"诗社中走出来；伊甸、晓弦、邹汉明等人从"远方诗社"中走出来；梁晓明等人从"北回归线"先锋诗群中脱颖而出。他们身上带着20世纪80年代诗歌的热情与光辉。"改革开放"以来，杭嘉湖诗人群落中涌现了"我们""北回归线""远方诗社""野外""诗建设""新湖畔诗选""凤凰湖"等社团。"九叶集"向

20世纪40年代"九叶诗派"致敬，集中展示了九位优秀诗人的作品。九人中，作为上一届浙江诗歌创委会主任，柯平对浙江诗歌，尤其是湖州诗歌的发展起到了引领作用。他同时从事诗歌创作和评论，对新诗的创作方向把握得非常准确。事实上，柯平、沈苇、沈健、汪剑钊、潘维等人都对湖州诗歌创作发生着积极影响。近些年，李浔支边回城，石人的归来，以及赵俊、小雅、伏栎斋、小书等新生力量的成长，都与湖州诗群的良好氛围密切相关。在我看来，那样的诗歌生态就像是湖州多湿地的自然生态，葱茏、繁盛，具有野蛮生长的力量。

诗歌是创造的艺术。无论从审美观念看，还是从语言技巧观，诗歌的革新力量与多元并包的特点都是突出的。

杭嘉湖地区的诗歌生态有合抱之势。以西湖、太湖、南湖为中心，大运河流经之地水网密布，灌溉、交通便利，经济、文化富于活力。与之相应这片平原之上的年轻人也始终涌动着诗歌热血。近年来，"野外""诗建设""诗青年""新湖畔""凤凰湖"等社团汇聚了江离、胡人、泉子、飞廉、卢山、北鱼、楼河、方石英、袁行安、双木、敖运涛等创作力旺盛的青年诗人。

杭嘉湖地区诗人的创作风格显然不能以地域性概括，这里也没有什么"平原诗学"。诗歌创作的主体仍是诗人对人性与现实的开掘，不能以"诗"覆"人"或以"诗江南"替代"江南诗"。况且，对于诗歌创作而言，统一就意味着死亡。

倘若真要谈谈《江南风度》的诗学特色，我只能从表现形式上做个归纳，那就是智性思辨与理性表达。

"落日里的拱宸桥太富有了 / 抛出了三枚连体的金戒子 / 戴

在大运河的三根手指上 / 三根转眼汇成一根，笔直地，指向京城——"（《甲午春，观看拱宸桥的十五种方式》）。诗人邹汉明将"落日里的拱宸桥"写得具体可感，"金戒子"与桥洞，"手指"与运河，具象与抽象，完美融合在联想之中。

青年诗人袁行安在《风波恶——致Z师》中写道："压印与污泥，堆积 / 在你的袍子上：天赐的众生相 /（生动，淌着涎水与失控的表情）进入琥珀。/ 混入集中营的哈姆雷特，/ 手持舞台，练习危险的反讽。/ 犬吠冰雪，担忧你委身度过冬天的耳朵。"这首只有六行的短诗，将悲愤、反讽、抵抗进行碾压式融合，回答了"默然忍受命运的暴虐的毒箭，或是挺身反抗人世的无涯的苦难，通过斗争把它们扫清，这两种行为，哪一种更高贵"。

自1997年写出组诗《潮湿的细节》之后，诗人泉子的写作便注定与西湖的山水难分难舍了。他与诗人、自我、湖山进行了一次次的对话，最终选择了箴言体写作。比如，"那不断用手中的权柄去交换利益的人获得了谀辞，/ 而你是否愿意用这个人世全部的羞辱，/ 去换得一颗历经沧桑后的赤子之心，/ 一行为千年后读者所辨认的诗？"一个问句，启迪思考，同时暗含自我抉择。

在"白话"一辑中，口语诗人将新诗的语言革命进行到底。他们追求更自由、更个性、更一语中的的表达。智性表达是口语诗人的特色。起子的《捷克和斯洛伐克》以"足球赛"折射一段历史；阿斐的《我的狮子》向内发问，探寻自我精神的成长；赵思运的《一个人在南京》是"思念号"绿皮火车，其中拟声词"况且"反复重现，直白而又意境饱满。

1995年生人的南来以一束短诗闯入我的视野。他将诗解时空的功能发挥到极致，常有神来之笔。大小并举、虚实相生、显微知著，尽显智性思辨。比如，"茶杯大的东海冰糖大的水晶宫鱼龙混杂／是怎样的小金匙搅起这漩涡和泡沫"（《哪吒》）；"我可能舔到了西瓜的灵魂／出窍的甜味横冲直撞带出洪水"。毋庸赘言，这不是夸张，也不是狂想，而是一种贯通。南来的观物姿态与智性表达诗性丰沛。

与之异曲同工的还有李利忠的《晒盐》："人们修筑盐田，纳潮制卤／谁能想象，眼前一肚子苦水的大海／会吐出这么多细碎的骨头来。"此诗令人过目难忘——铺垫精准、形象可观、味道可品，说是现代绝句佳作也不为过。李利忠的创作以古体诗为主，他让我想到中国的古体诗词其实更倾向于智性表达，追求在短兵相接中凸显意蕴。

更多诗人身上都带有鲜明的西方诗歌的印迹。他们在新诗的探索之路上追求理性表达，尤其注意语言，力求以精细的语言表达丰富的内涵。正如蒋立波在诗中所说："谈到古典诗歌，不可避免要谈到杜甫和白居易。／被伞柄所鞭策的驴子，给我们快递／一筐钟南山的炭或互文之雪"。诗人蒋立波追求温婉而细腻的表达。他对日常怀有敬畏之心，将生活的细节巧妙地嵌于诗中。

哲学专业出身的江离显然是书中理性诗歌的代表。他的《老妇人的钟表》正是代表性作品。人们对于时间的感知，是借助心灵这一仪器进行的，而他（时间本体）"说出的每个词语都经过了小小的弯曲"。对于追求理性表达的诗人来说，语言是工具，意旨隐匿其中。

帕瓦龙的《夜鹭》是一首致敬之作，用沃尔科特《白鹭》的形式写就。密集的意象，丰富的知识，深沉的步韵，都给人深刻印象。

当然，"创造""新月"两辑的诗人是有创作实绩的中坚力量，他们一边从中国古典诗歌汲取智慧，一边吸收西方诗歌的写作技巧。无论芦苇岸、李郁葱、苏建平、李浔，还是卢文丽、胡澄、舒羽，他们的创作都达到了一定的艺术水准。李浔的《擦玻璃的人》尤其出色。此诗每一句都看似平淡无奇，但一句一波，意境逐步开阔。读者可用生吞式读法，将自己代入"擦玻璃的人"，摹其行，入其境，会其意。一颗渴望透亮的心灵，拭去的除了烟尘迷雾，还有"零乱的行人"及俗世意识，以保持"没言语，没有聆听"的孤独。诗人选择的及物（擦玻璃）、及态势（观行人）和反唯美（不是抚摸）、反固化（不可触摸）姿态，令人耳目一新。

"学人"一辑收录了二十四位学者诗人的作品，亦是理性写作的营地。电影理论家南野、翻译家汪剑钊、数学家蔡天新、诗评家沈健等人在诗歌创作中加入了批评的眼光，将学识与洞见融入其中，亦是别样风格的好诗。

或许，策划之初，谁也没能预想到这部作品集内容能如此丰富。事实上，这正是兼容并包的"江南风度"。诸多表达汇成的多元诗意，正是诗兴不止的根源所在。

阅读《江南风度》一书，除了与那些已识的有趣灵魂重晤，我还见识了富于创见的年轻诗人的作品。该书的"新青年""少年中国"集中展示了80后、90后，乃至00后诗人的作品，推出了一批新锐诗人和校园诗人。

卢山、北鱼、双木等人是"新湖畔"的代表诗人，他们主张

"开自由之风，向湖山致敬"。他们的诗像是盛满语言之水的器皿，呈现出柔软而凌厉的风格。那种身居都市而心向自然的情绪毫不造作，在一定程度上代表了当下杭嘉湖地区生态诗歌的发展趋势。尤其是卢山的诗。他的诗刚柔并济，率性且及物。他围绕着湖山精神，建立了一种特殊的"柔软之心"的中年硬汉写作风格。湖山、怀乡、血缘及纯粹的理想主义构成其诗歌的古典意蕴；现代、都市、体制及日常生活又反制抒情传统，由此产生泥沙与磐石、螺丝钉与骨头、爱情与担当……他在胸口磨刀，用笔磨词语，以开拓自己的诗歌疆域。

诗歌的革新永远在路上。新锐诗人和校园诗人，作为杭嘉湖地区的新生力量，未来可期。尤其是"少年中国"一辑中的南来、侯倩、周永旺等人，他们不拘泥于传统的形式，或抒情或叙事，或长句或断章，且力图把生活本身的诗意呈现在简朴的语言中。他们的诗歌创作朴直有力。

《江南风度》确是一部地域性很强的诗选，但其中的"江南风度"并非莺歌燕舞、小桥流水、粉墙黛瓦，而是自由、多元的"现代江南"。正如沈苇所说："从地域出发的诗，恰恰是从心灵和困境出发的。语言是唯一的现实和可能的未来。"它的作者有一大部分是当下生活在杭嘉湖地区的外省人，他们的地域性书写包含着故乡与他乡的观照与碰撞。时间为证，21世纪以来，有这样一群可爱的诗人在杭嘉湖平原的诗歌领域勤耕细作，他们开创并引领新的"江南风度"。

核·辐射

——读《江南风度：20 世纪 90 年代以来
浙江新诗群的审美嬗变》

　　继《江南风度：21 世纪杭嘉湖诗选》出版之后，浙江传媒学院赵思运教授编著的《江南风度：20 世纪 90 年代以来浙江新诗群的审美嬗变》由浙江文艺出版社推出。该书以"北回归线""野外""诗青年"三大诗群为主要研究对象，宏观地展示了当下浙江诗坛的诗学追求，可谓"诗学版"《江南风度》。

　　20 世纪 80 年代，中国诗坛针对朦胧诗展开了激烈的讨论，由此引起的诗歌流派运动也席卷全国。以 1986 年的"民间诗群大展"为标志，"第三代诗歌"崛起。非非主义、莽汉主义、知识分子写作、撒娇诗派等，各地的诗人以流派的方式为自己命名，提出了自己的诗学主张。到 1990 年前后，"改革开放"冲击旧的思维方式，人们对物质生活的追求日益迫切，诗群不复兴盛，诸多流派难以维系或消失，诗人的写作复归以个体为主单位。

　　此时，浙江诗人的守静凸显出来。当诗坛不再热衷宣言或旗号时，"北回归线"诗群在 1988 年形成，它以绝对先锋的姿态保持着与小说创作同等锐利的精神。读完"诗学版"《江南风度》，我得出"北回归线"诗群的内核是先锋性的结论。其以梁晓明为代表，创作风格突出传统、力主现代，掘地三尺，穷极诗意。我接触晏榕比较晚，是在 2020 年 11 月，当时他以杭州师范大学木心研究中心主任的身份出席"离散与回归：木心研究与华语文学教育论坛"会议，他对诗歌的见地异于常人，引起了我的注意。后来，我关注了他的微信公众号"新未来主义诗歌"，更觉他的诗有超前意识。不过，直至读到"北回归线"史料，我才发现晏榕在列。作为"北回归线"早期重要人物，他的诗的现代性表现在语言和思想上，且保持了先锋姿态。怪不得诗评家陈超说："晏榕是非常有才能的诗人，是目前很少见的对写作真正恭谨、深入，且有自觉意识者。"这评价恰如其分。晏榕早期以诗论诗的作品萃取了西方现代诗歌的精华，独树一帜，早就跳出了中国新诗的圈子。"北回归线"诗群的辐射力量，除了得益于几位代表诗人的影响，也得益于汪剑钊、海岸两位翻译家的声望。汪剑钊既是俄罗斯白银时代诗歌也是现代主义诗歌的专家，他的翻译和研究，对 20 世纪中国现代主义诗歌具有广泛而深远的影响。海岸对狄兰·托马斯的译介，较之巫宁坤，更注重原作韵味。如今，浙江诗坛"劳模"伤水继续编辑《北回归线》网刊，延续着这一诗群的影响力。

作为浙江诗坛中坚力量的"野外"诗群，其成功恰恰证明了个体生命体验的重要性。"野外"诗群的内核究竟是什么？我以为，"野外"诗群对纯正汉语和深度生活的开凿，别出心裁，卓尔不群。"野外"诗群于 2002 年在杭州创建，代表人物有潘维、泉子、胡人、江离、飞廉、楼河、游离等。那之后十年间，诗群成员定期出版《野外》诗刊，举办诗歌研讨会。他们立足杭州，以独特的江南诗学引起了诗坛的关注。他们主张关注当下生活，关注美，也关注现实。"野外"诗群的诗学追求异彩纷呈：胡人注重汉语的内部秩序；江离融哲学思辨于生活日常；楼河致力于生活经验式写作；飞廉着重古典主义的日常再生；泉子则写作山水之间的箴言诗歌。我认为，江离、泉子、飞廉等人属于进行精微创造的诗人。他们正在成为当下汉诗的中坚力量。

随着诗歌论坛时代远去，自媒体时代到来，微信公众号成为诗歌阅读的阵地，"诗青年"力主青年性，是杭州继"北回归线""野外"之后第三支有影响的当代诗歌力量。其主要创建人是北鱼、卢山。他们组织"诗青年"公益组织，举办"青年诗人陪跑计划"，并将诗歌公益活动引入社区。同时，《新湖畔诗选》应时而生，许春夏、卢山为主编，北鱼、双木、余退、敖运涛、马号街和我为编委，现已出版六期。"新湖畔"侧重诗歌本身，"开自由之风，向湖山致敬"，"诗青年"则注重诗歌的日常性，将诗歌与现实生活融合，让诗意走入普通人的视野。

"北回归线""野外""诗青年"三大诗群彼此独立又互相联系。作为诗意浙江的窗口，它们反映了浙江诗坛由流派时期到网络论坛时期，再到自媒体时期的发展过程。从中也可以窥见汉语新诗从诗意乌托邦向生存当下转型的轨迹。从这个意义说，赵思运教授主编的"诗学版"《江南风度》具有相当的文学史价值。它客观记录了浙江诗坛的流派变迁，又归纳提炼了"江南诗学"先锋性、沉潜式、青年化等特点，为研究中国新诗提供了必不可少的材料和中肯的观点。

在湖畔写诗的静默时刻

——读《新湖畔诗选（六）：静默的存在》

湖畔诗社成立百年之际，《新湖畔诗选（六）：静默的存在》由中国言实出版社出版。

这是又一本优秀诗集，它秉持《新湖畔诗选》前五卷的自然精神，进一步扩大了选稿视野。入选诗作质量上乘，入选诗人来自全国各地，其中又尤重青年诗人，诗体则不拘一格。总体而言，这部诗选主题统一又多元，诗作的语言也有很大提升。

翻开近四百页的诗选，诗意电源接通。我在词语中辨识诗人的心跳。他们调度汉语、探寻本真的能力，令人惊叹。正如90后诗人萧楚天在序言中所说："在主题上并不全部都集中于山水或田园，但大部分都有自觉的探寻的意味。"倘若非要归类，我愿意将它定位为"南方写作"。

全书分两辑，上辑为"我去过山里""南方的细雨中""亲爱的幽静""身体的落叶""内部的景观""在风景里"和"林中的树"，下辑为"一口饮下人间的烈酒""折半枝残梅写成信""湖山遍布险峻沼泽""此番西征无留念""愿将灵魂皈依山水"和"专论"。

许春夏和北鱼两位主编从近九十位诗人的近五百首诗作中遴

选出佳作并归类，编定了这部细腻温婉的自然主义诗选。

《静默的存在》能让我们感到丰富且多元的"南方写作"正形成一种气候。大解在《暮色埋葬了太行山》中写道："暮色埋葬了太行山，但它未必真的死去／有灯火的地方就有人。我去过山里，万物都在／山河有自己的住处，亡灵发光，不低于星辰／我要到山里看看，你们不用担心／北方如此辽阔，为何只怜悯我一个人？"这首诗写北方，所用语调也属于北方，但我们却感受不到"北方写作"的苍凉、雄浑、辽阔、强悍与古老。"未必真的死去""灯火""我要到山里看看"等语句都显露"诗意南渡"的迹象，从中能看到细腻抒情，品出湖山精神与南方经验。

山水是诗人取之不尽的灵感。世间越是喧嚣，诗人的内心越倾向自然。干海兵的《浮云与游踪》、离开的《林中》、灯灯的《湖边》、张明辉的《山中写意》、阿剑的《看水》、育邦的《草木深》、李浩的《东风未过》等，都完美契合诗选"自由"与"湖山"的理念。

入选诗人既有鲁迅文学奖得主陈先发、沈苇、胡弦、荣荣、大解等，也有活跃于诗歌现场的编辑干海兵、江离、李浩等，更多的则是青年。就入选青年诗人而言，值得重点关注的是"新疆诗人小辑""校园小辑"和"唐诗之路"这几个部分。

卢山赴新疆工作后，浙江青年诗人与新疆诗人的互动多了起来。2022 年 3 月，疫情再度来袭，面对面的交流被迫中断。好在新媒体时代线上交流顺畅，青年诗人发起了一场"山海对谈"，获得较大反响。如今，于诗选中读到新疆诗人老点、董赴、吉尔、刘二伟、郁笛等人的作品，仿佛进入浩大的夜与无限苍茫的山水中，那是我尚未踏足的土地，通过词语，我抵达了精神的异域。

无论"新湖畔"还是"诗青年"，一直致力于发掘、扶植青年力量。"校园小辑"收录了长沙大学广播电视编导专业和浙江传媒学院汉语言文学专业的十位大学生的作品。谢永琪在《游春》中写道："东君托暖风捎来消息／说山间的桃花开了／我欣喜地铺平一朵流云／折半枝残梅写成信，邀他游春"。这些句子有古典写意风，又有蓬勃朝气。

在"唐诗之路"中，张德强、孙昌建、伊甸、钱利娜、许春夏这五位诗人用清新的笔调记录行走的风景。他们将浙东唐诗之路上的剡溪、天姥山、石梁飞瀑、国清寺、曹娥庙等风景区融入实地探访的诗意中。正如我在专论《梦回唐朝，壮游浙东——摭谈浙东唐诗之路》中所写："亘古千年，山水依旧。人的精神生活始终离不开自然山水，人类社会的足迹也不能离开诗性。'浙东唐诗之路'不仅是一条诗歌之路，更是一条山水人文之道。恰如诗人许浑所言：'来往天台天姥间，欲求真诀驻衰颜。'我们都在自然山水中寻求焕发生命力量的要诀。"

诗意浙江，是精神富裕践行地。《静默的存在》展示了浙江的自然之美、诗意之美，也展示了当代浙江汉诗的价值取向和审美取向。

写实精神与诗性内核

——《星星·散文诗》2019 年第 10 期读札

　　在我的散文诗阅读视野内，波德莱尔、贝尔特朗、纪伯伦、泰戈尔、鲁迅等人的作品给了我很大的心灵震撼。他们的写作，让我相信散文诗不是一种中和物，而是抒情与叙事并存、诗性与日常交融的独特存在。

　　现代诗歌日益小众化，相形之下，散文诗作为"被阐释""且丰盈""重美感"的诗，得到读者更多青睐。然而，随之而来的是散文诗创作水准降低，出现了一些思想陈旧、行文飘忽、语言低劣的次品，反过来影响了读者对散文诗的认知。其实，散文诗的创作难度不亚于任何其他文学体裁，正如灵焚所说："散文诗绝对不是一种容易驾驭的文体。她要求作者具备很高的美学、思想、艺术境界。"

　　近几年，我偶尔翻阅《星星·散文诗》，竟常能觅得精品。在众多诗人的努力下，散文诗有所发展，尤其是改变了先前以象征性、想象性为主的局面。如今的散文诗已有更多写实性。部分散文诗作者，以诗性为内核，关注现实，书写日常，对散文诗语言进行改造和提升，丰富了汉语的表达。

　　《星星·散文诗》2019 年第 10 期，"庆祝中华人民共和国成立七十周年"专栏是重头戏。作者们紧贴"记录新时代、书写新时代、讴歌新时代"的主题,盛赞祖国七十年变迁。本栏五组散文诗,切入点小,行文朴实,紧贴人民生活和时代脉搏。潘志远的《乡村协奏变化》和王亦标的《那个生我养我的地方》都指向怀乡。在都市文学盛行的当下,怀乡主题并未过时。作品唤醒了读者的乡情记忆。王忠智的《科岭:红色圣地》着力挖掘科岭的红色文化,盛赞这片热土上的革命精神。谢臣仁的《藏地散板》和徐澄泉的《徜徉大渡河》地域特色鲜明,前者以"苹果""草原""马"等展现诗人苍凉的内心,后者富于彝族文化特色,将当地的历史与现实融为一体。这些作品避免了空洞的抒情,充分展示了日常生活细节,融历史感情于现实物象之中。

　　"名家有约"栏目则刊载了著名诗人姚辉的《高原之声》(组章)。在读到姚辉的散文诗之前,我已知他是一位富于开拓性的诗人,尤其重视诗与思的高度融合。《高原之声》通过巨鸟的视角巡视高原,力图"说出高原悠远的哀怨、追悔"。他尝试"查找高原走失的花朵",跨上"一匹马"——一匹融天、地、人于一身的词语之马,去寻找诗人心中的奔放与自由。这组散文诗将人文关怀与地域特色相结合,写出了一种浩荡的愁绪。姚辉注重炼字,他的每一个汉字几乎都在精准地传达他对高原的感情。《高原之声》意境粗犷,诗风凌厉,将旷远的高原细细描绘,令我想起他的另一组章《高原深处的河流》(收录于《乌江水远》)。从情韵上看,这两个组章是姊妹篇,但在《高原之声》中,姚辉甚至听到了高原亘古的风声。"高原之声"到底如何?大抵可以用《听到你的声音》中的句子作答:"一百种晨昏交错的苦乐悲喜。

一百种企盼，一百次梦，一百次追忆……我听到你的声音，不远不近，不疾不徐，不连贯，也不中断，不普通，也不奇崛。"

"煤炭诗人"不是个体，而是群体。煤炭诗人的可贵之处在于艺术境界，他们身陷"黑色"，而诗是他们的精神之光。李晓波在《我的煤矿，我的同事》中展现的"群体关怀"独树一帜。听说李晓波曾在煤壁上写下座右铭："做一块煤，为我爱的尘世／源源不断将热力释放。"（《站在煤壁跟前》）此句应和了特别推荐的主题句"燃烧，正是生命的另一种舞蹈"。在诗中，李晓波不仅展示了自己的内心，将自己、煤炭、诗歌融合在一起，而且将身边的人写入其中。那些鲜活的名字、灿烂的细节，将"铁""刚强""安全""捷运""光辉"等主题词巧妙地嵌入日常叙事。从这个细节看，李晓波较好地处理了散文诗的虚实关系。众所周知，对散文诗的非议，主要就是虚实问题。有人把散文诗写成美文，未触及诗性；另一些人一味地追求写实，忽视散文诗的想象之美。李晓波的写作令我相信：散文诗是诗，是诗的延伸，是言语更自由、神韵更饱满的诗。

说说扎西才让的桑多镇吧！扎西才让的桑多镇就是马尔克斯的马孔多、莫言的高密、刘震云的延津、李杭育的葛川江。每个作家都有自己的乡情的面影。扎西才让专注于建构自己的文学世界——桑多镇，围绕这个点，他写下了中短篇小说集《桑多镇故事集》、组诗《桑多河畔》、散文诗组章《桑多镇的男人们》等。显然，桑多镇不仅是地理意义上的自然之地，还是人格化的精神领地。

树缝里变形的云朵，脚底下干枯的树枝。

振翅高飞的红雀，已经逃离了弓矢。

我们打猎回来，麻袋里空空如也。

我们喝杯奶茶，那味道还是松枝的苦味。

这样的日子，只能在怀抱里诞生，最终也会被一一

　收回。

（《狩猎者》）

　　从语言的转承来看，这就是诗。扎西才让是个真性情的汉子，语言干脆、从容节制、含蓄深刻。他的散文诗虽然专于叙事，但在意象与意象之间留足了空间。比如这首《狩猎者》，前两句表现狩猎者在森林中的气息，那种散淡之味与"空空如也"相呼应；"松枝的苦味"弥漫于词语间。的确，这正是扎西才让要营造的文学意境——被虚构的日常。他在创作随笔《羊皮灯和桑多镇》中说："这无名镇，在现实里，在我的笔下，就是青藏高原上的一个中国小镇——桑多镇。平时，我就在其中生活；而写作时，这个镇子就被我用放大镜无限放大。"扎西才让深谙文学源于生活又高于生活，文学意义上的桑多镇正是倾注理想的语言和人性的殿堂。

　　"文本内外"栏目有位作者是四川诗人伍荣祥，他的《寻证物及其他》包括《空中叶》《这潭水》《坐窗前》《再馈赠》《说树木》《寻证物》六章，记录他在退休后的忙碌生活中"见南山"的瞬间。伍荣祥写作散文诗二十六年，日常生活催生了他那些美

好的诗意瞬间，诗性思想弥补了疲于奔命、人浮于事的缺憾。

如果说前面几个栏目着力点在于燃情，那么，"黄金时代""都市诗简""星星视野"三栏则归于沉静。

"智者临水"是本期"黄金时代"的主题，其中有鲜红蕊、姜桦、阿垅、笑嫣语、铁万钢、萝卜孩儿、凌鹰、刘强的作品，均以水为名，尽显智性。我特别喜欢姜桦的《湖边的阅读者》："一个人。一卷书。干净的头发好像刚刚被修剪过，不短，也不长，正好盖过她白皙的脖子直达到肩膀。'小偷的帽子被烧着了'——这是普里什文的《秋天的树》。"我常去湖边阅读，阅读空当，喜看钓鱼者猎鱼，自乐于钓静。姜桦所写的秋日之境既感性，又知性——时而描摹风景，时而述说阅读经验。同样写到"临水"的还有"都市诗简"栏目的石桂霞，她的《瘦西湖》有句："临水照花，以瘦为美。/扬州宽大的掌心，适合瘦美的西子，妙曼娉婷，穿塘而来。"朴素而又古典的美，正是江南韵味所在。

"沿词而上，夜和虫鸣一样迷人。"多么辽阔的"星星视野"啊！在星辉下，万物沉寂又饱满。胡绍珍的《杏花村》、沉沙的《我也有一千一万个身》、陈美霞的《义皋古村》、王俐才的《化湖絮语》、瑷瑛的《水边的云》……在忙碌的都市生活里，或在悠闲的远行中，诗人们挑选着富有表现力的词语，以抒情、想象丰盈汉语之美。

写实是当下散文诗创作的主要趋势，虽然，优秀的散文诗作者必定会运用写实和想象双重技巧，以求得虚实相生的效果。

梦回唐朝，壮游浙东

——摭谈浙东唐诗之路

1
本地名片

"浙东贫，浙西富。"坊间传此言已久。究其原因，以钱塘江为界，浙西地属平原，北接运河，东入大海，为鱼米之乡，土地平旷且肥沃，生活安宁且富足；浙东地属丘陵，山川如画，却有碍市场经济的发展。而在一千多年前的唐朝，浙东是诸多大诗人反复吟咏的地方，诗里的浙东散发无与伦比的光芒。这究竟是为什么呢？

翻阅《全唐诗》，我们可以找到浙东的三位重要人物——虞世南、孔绍安、贺知章。

虞世南，古越州书法家、诗人，初唐"十八学士"之一。他生于558年，卒于638年。他的传世诗作，侍宴之作颇多，文辞典丽，但其实承继了汉乐府的脉络。比如《从军行》中的"蔽日卷征蓬，浮天散飞雪""孤城塞云起，绝阵虏尘飞"，写出了一位文人的报国之志。

虞世南的作品大致分为两类，一类就是像前引这种爱国之诗，一类是咏物之诗。

《饮马长城窟行》中有"前逢锦车使，都护在楼兰"和"怀君不可遇，聊持报一餐"；《出塞》中有"凛凛边风急，萧萧征马烦"；《结客少年场行》中有"云起龙沙暗，木落雁门秋"；《怨歌行》中有"谁言掩歌扇，翻作白头吟"；《中妇织流黄》中有"寒闺织素锦，含怨敛双蛾"……《奉和幽山雨后应令》中有"日下林全暗，云收岭半空"；《春夜》中有"惊鸟排林度，风花隔水来"；《咏舞》中有"一双俱应节，还似镜中看"；《咏萤》中有"恐畏无人识，独自暗中明"；《蝉》中有"居高声自远，非是藉秋风"……显然，虞世南的咏物诗寓情于景，技艺娴熟。

正因有了"居高声自远"的虞世南，浙东地区才向朝廷打开了一扇窗户。

虞世南一生，表弟孔绍安的早逝应是一大憾事。

孔绍安是越州山阴人，比虞世南小十九岁，却比他早逝了十六年。孔绍安少诵古文数十万言，深为外兄虞世南叹赏。他生命短暂却创作力旺盛，存世之作以赠别诗居多，如《伤顾学士》《别徐永元秀才》《赠蔡君》等。他在《赠蔡君》中写道："畴昔同幽谷，伊尔迁乔木。赫奕盛青紫，讨论穷简牍。"在《结客少年场行》中写道："雁在弓前落，云从阵后浮。吴师惊燧象，燕将警奔牛。"都呈现一种壮阔气象，足证其诗歌才华之高。

如果说虞世南和孔绍安在朝为官为浙东唐诗之路奠定了口碑，那么，越州永兴人贺知章足称开元盛世之诗坛明星。

唐朝高层对诗歌的推崇推动了唐诗的发展与繁盛。太子宾客贺知章，德高望重，有较大的话语权。贺知章的诗有浓重的思乡情结，镜湖、会稽山、四明山反复出现。贺知章让江南风情深入人心。

在诗坛，贺知章与李白关系非同一般。李白抵达京城之后，见到了贺知章。贺知章非常看好李白，直呼其"谪仙人"，并以金龟换酒，与李白共饮。

744 年，贺知章八十五岁，他上书皇帝，请求准他回越州镜湖隐居。唐玄宗赠诗《送贺知章归四明》，李白赠诗《送贺宾客归越》，都表达了深情厚谊，可见贺知章声望之高。

在贺知章的诗中，故乡被反复提及。《晓发》之中有"故乡杳无际，明发怀朋从"；《采莲曲》中有"稽山罢雾郁嵯峨，镜水无风也自波"；《回乡偶书》其一中有"少小离家老大回，乡音无改鬓毛衰。儿童相见不相识，笑问客从何处来"；《回乡偶书》其二中有"离别家乡岁月多，近来人事半消磨。唯有门前镜湖水，春风不改旧时波"；《答朝士》中有"钑镂银盘盛蛤蜊，镜湖莼菜乱如丝。乡曲近来佳此味，遮渠不道是吴儿"。这些诗句反映出诗人对镜湖感情之深。

可惜贺知章归隐镜湖未足一年就仙逝了。

2

外地来客

在古代，交通不发达。青山绿水是风景，也是障碍。凡有志之士，皆向往壮游。尤其是唐代诗人，通过外出壮游谋职者众多，最突出的就是李白、杜甫、孟浩然等，而浙东正是他们游历的重点。

杜甫写吴越："商胡离别下扬州，忆上西陵故驿楼。为问淮南米贵贱，老夫乘兴欲东流。"诗中的"西陵"是杭州萧山古称，位于钱塘江南岸，与杭州隔江对峙，原为越国故地，范蠡屯兵之所，为浙东唐诗之路的起点。

关于杜甫游历浙东，冯至这么说："（杜甫）现在到了江南，也就是到了二谢、阴何、鲍庾那些诗人所歌咏的地方。但他并没有能够东去大海，只是渡过钱塘江，登上西陵古驿台，在会稽体会了勾践的仇恨，寻索了秦始皇的行踪。五月里的澄清的鉴湖凉爽如秋，湖畔的女孩子洁白如花，他乘船一直到了曹娥江的上游剡溪，停泊在天姥山下。"

杜甫之后，李白、白居易、元稹、宋之问等都曾游历到此。

作为浙东唐诗之路的起点，西陵这个地点有一种怀古伤今的意味。吴越之争给诗人留下了遐想空间。杜甫在《答微之泊西陵驿见寄》中写道："烟波尽处一点白，应是西陵古驿台。知在台边望不见，暮潮空送渡船回。"可见杜甫游历至此，生出空茫之感。

浙东的自然山水则况味迥异。唐诗中反复提及的若耶溪发源于越国最初的国都嶕岘附近，收纳七十二条支流，所经之处大都是于越部族的发祥地：过云门，经平水入鉴湖，又继续北上，经越州州治和柯桥，汇入浙东运河萧绍段。正所谓"一夜飞度镜湖月"，诗人们泛舟水上，两岸风景如画。刘长卿诗云："兰桡缦转傍汀沙，应接云峰到若耶。旧浦满来移渡口，垂杨深处有人家。永和春色千年在，曲水乡心万里赊。君见渔船时借问，前洲几路入烟花。"崔颢《入若耶溪》云："轻舟去何疾，已到云林境。起坐鱼鸟间，动摇山水影。岩中响自答，溪里言弥静。事事令人幽，停桡向余景。"綦毋潜《春泛若耶溪》云："幽意无断绝，此去随所偶。晚风吹行舟，花路入溪口。际夜转西壑，隔山望南斗。潭烟飞溶溶，林月低向后。生事且弥漫，愿为持竿叟。"

"永和春色千年在"点出了古越州文化圣地的地位。魏晋以来文人雅士在越州的典故成为唐代诗人造访浙东的主要原因之一。

一座天姥山，半部全唐诗。天姥山因为李白、杜甫、白居易的诗名扬天下，成为浙东唐诗之路上的重要坐标。

"海客谈瀛洲，烟涛微茫信难求。越人语天姥，云霞明灭或可睹。天姥连天向天横，势拔五岳掩赤城。天台四万八千丈，对此欲倒东南倾。我欲因之梦吴越，一夜飞度镜湖月……"李白以奇崛的想象力将天姥山化作一个传奇。

成就天姥山传奇的还有谢灵运。谢灵运才华横溢，胸怀宽广，有强烈的政治抱负，因官场失利在会稽山当起了隐士。他到天姥山时，还自制了"谢公屐"，登山后写下了著名的《登临海峤》等诗篇。"谢公故道"中，历代文人墨客留下了足迹。"入剡隐居，占山筑卜"，正是隐士之风的真实写照。

一座座古建筑，一条条古道，一处处古村落，让天姥山散发着神奇的光芒，吸引外来诗客到访。

3

自然哲学

西陵渡口、越州镜湖、剡溪、国清寺、天姥山、天台山这六大景观，体现了中国哲学之精髓。

西陵渡口为浙东唐诗之路第一坐标。它胸怀吴越大地的精魂。西陵渡口建筑灵动活泼，飞檐翘角，好似游龙。久居城市的人们在这里找回了自由飞翔的梦想。飞出喧闹的城市，借助天姥山的高度，向着琼楼玉宇的方向展翅飞翔。

镜湖和剡溪孕育着洁净与柔美。她们带着山水的宁静基因来到人世间，多少文人墨客在她们这面镜子中照出了自己不慕荣利的本来面貌。

峰回路转，依稀听得天台山上云层中的鹤鸣。国清寺如一位智者耸立云霄，白云为腰带，将他环绕。浅吟低唱的是水雾还是山岚，分辨不清。是谁说"高处不胜寒"呢？是谁在吟诵"不畏浮云遮望眼，自缘身在最高层"呢？又是谁在感叹登高而"小天下"呢？站在国清寺的门前，望着峨冠似的阁顶，思绪飘然而上。苍苍者天，茫茫者天，悠悠者地，无涯无极，日月星辰相会于此。

俯瞰赤城。林立的大楼如往日的琐事，渺小而不可追忆；斑斓的色彩在绿色森林的掩映下，复归本真；茶香似仙女的体香萦绕鼻根，直沁心脾；名家书画散发着翰墨之气。怎能不令人醉心呢？

轻轻地触摸着这哥特式建筑，缘廊徐行。似乎回味不尽这无我的存在。是谁巧夺天工，建造了古老的楼阁呢？不，没人能建造。一念之间，我发现他是大自然的儿子，人们建造了他的躯体，而大自然铸造了他的灵魂。

王国维说："周末时之二大思潮，可分为南北二派……故孔子者，北方雄健之意志家也；老子者，南方幽玄之理想家也。"我以为，雄健与幽玄实为中国自然哲学的两大方向。

孔子问礼于老子，或正说明雄健与幽玄之并存。泰山之上，亦释儒比邻。这似乎在阐扬中国哲学中"和"的思想。在浙东唐诗之路上，司马承祯坐镇的天台道场和佛教圣地国清寺比邻而居也是"和"的重要佐证之一。确实，美丽高尚的事物不应是相互忌妒的。每个人、每件事物都有自己的可取之处。

老子曰："天得一以清，地得一以宁，神得一以灵，谷得一以盈。万物得一以生，侯王得一以为天下贞。其致之，一也。"

道和佛都是理想境界，或取或舍，因人而异，此亦为自然。

面前的风景正是吴均在《与朱元思书》中描绘过的："鸢飞戾天者，望峰息心；经纶世务者，窥谷忘反。"不逊于陶渊明的南山。那些还是凡夫俗子眼中的美景，而此处的山水，竟引得仙人结庐而居。

在浙东山水间漫步、冥思，身体与万物相融。王国维说："宇宙万物无不相对者：天与地对，日与月对，寒与暑对，人与物对，皆相对的也。"浙东唐诗之路可谓万象生、生万象。自然与历史、自然与人类、传统与现代、峰与壑、云与瓦、佛与道、现实与理想……醉心于寻觅雄健与幽玄的旅人，经历了一次灵魂的洗礼。

亘古千年，山水依旧。人的精神生活始终离不开自然山水，人类社会的足迹也不能离开诗性。浙东唐诗之路不仅是一条诗歌之路，更是一条山水人文之道。恰如诗人许浑所言："来往天台天姥间，欲求真诀驻衰颜。"我们都在自然山水中寻求焕发生命力量的要诀。

一个字就是一粒谷（代后记）

需要用怎样的方式回顾一个夜晚？

那是一个记忆的隧洞，浓重的黑，恐惧，以致头皮发麻。你从未感受到星星远在天幕的无助与嗤笑，而你是一个随时可以和鬼魂相撞并交出内心的脆弱的存在。

一年过去了，俗务缠身的我与你若即若离，这一年，我体会了你的无尽空虚，它在不经意的瞬间蚕食我，探索我的底线，我只能一个字一个字救回、填实心灵。

我想救回我的父亲。

新冠疫情第二年之秋，极度反感就医的父亲去了一趟县医院，因为他食欲不振，反复呕吐。他在电话中跟我说"鲠得厉害"，吃不了东西。检查报告出来，家嫂拍照给我看。

我几乎不能相信：父亲罹患癌症。死亡正在剥蚀我的外衣。

以前，我常说，千金难买老来瘦，像圣雄甘地一样瘦的父亲，一定可以健康长寿。谁知道，世事难料。我反复跟父亲讲，请他到嘉兴来就诊。可是，他始终没有答应。那时，在不确定具体病情的状态下，他感觉还不是最坏，甚至还答应了长庆寺茶山上的伺厨任务。

于是，2021年最后一晚，我满心忧虑地乘火车返乡，期待父亲能随我返嘉治疗。元旦前夜十时左右，我抵达蔡岭镇（都昌火车站所在地），故乡的晚风吹拂着我，越吹越冷。所幸还有夜班公交，方便旅客抵达县城。事实上，火车站夜晚谋生的人照例很多，他们巴望着下车的旅客，希望有人能上他们的私车，我也完全可以花上三十五元直接打车回家。但我想把这岁末走完，把眼前的黑暗走完，或许明天就有转机呢！我像虔诚的信徒，用徒步祈祷光明。我内心无所适从，想躲避又无可躲避，甚至企图在这片黑暗中寻找某种东西出来，于是我义无反顾地选择了先乘公交，再走夜路。

一车人做完核酸后，他们卸下旅行的疲惫，似乎已入老家的被窝。谁又懂得我的心事呢？公交在高桥站停了下来，下车的只有我一人。因为，接下来我将一个人走过枫岭。这是我没有跟父母交代的事。

冬夜，满天繁星，我本以为水田间的道路会反光而显出形体，谁知，星露闪亮而大地漆黑，我听到自己的呼吸和心跳声，浸染在黑暗中的身体僵直，头皮发麻。我真担心手机会没有电，倘若真是那样，我真的无法探知前路的曲折。我深一脚浅一脚地往家的方向走，起伏的连山是铁的兽，沉重的黑，沉重的记忆。当我走到枫岭最高处，我变得轻飘飘的，因步行而渗出的汗液，一会儿就凉透了。以前就知道枫岭是乱坟岗，阴气极重，更何况是这样的冬夜。

在这邪恶之地，我想：如果真有冥界，真有鬼魂，那未必是件坏事。毕竟，我们爱的人，只不过是去了异域，不相见罢了，就像我现在在异乡工作，一年也难得回一次父母身边，为他们端茶倒水。哪怕是做一顿晚餐也好……想着这些令人愧疚懊悔的事，我忘记了周遭的黑暗。我想起父亲的忠告——被人欺侮的岁月常在，被鬼侵蚀的灵魂尚无。这个世界，比鬼魂更可怕的是险恶的人心，于是我无惧黑暗。

村庄停止呼吸，停止走动。我的到来，惊动了邻里的一条黑狗，它吠，我喊。偏西的房间亮起灯，那是母亲的房间。

她的"细佬"回来了。

我只说，明天元旦放假，我来家里看看，现在竹琴和孩子们回不来。

我的父亲也起身，只说，我还好的，不用特意回来探望。

元旦，我像一个客人一样在家。母亲买了许多菜，像招待大人物一样宠爱她的细佬。只可惜一桌子菜，父亲却不能品尝，他只喝了一碗汤，外加一小碗粥。下午，他又到他的田畈里伺候他的那些庄稼。

这一年，我写下的尽是虚空。父亲经常入我梦，像是夜过枫岭时的深渊；坏消息不断，我的中年生活是一片幽暗森林。好在博尔赫斯给我力量，诗歌给我力量，文学给我力量。我想起父亲的稻田以及他劳作的身影，那也是我写出的篇章以及我伏案写作的背影。

2022 年 11 月 27 日